KB074864

이제,
글쓰기

You are a Writer

초판	1쇄 인쇄 2018년 08월 14일
	1쇄 발행 2018년 08월 21일
지은이	제프 고인스
옮긴이	박일귀
펴낸이	김혜정
기획위원	김건주
교정교열	강민영
디자인	홍시 송민기
마케팅	윤여근, 정은희
제작	조정규
펴낸곳	도서출판 CUP
출판신고	제 2017-000056호 (2001.06.21.)
주소	(04549) 서울특별시 중구 을지로 148, 803호 (을지로3가, 중앙데코플라자)
전화	02) 745-7231
팩스	02) 6455-3114
이메일	cupmanse@gmail.com
홈페이지	www.cupbooks.com

ISBN   978-89-88042-90-8 03800 Printed in Korea

* 파손된 책은 구입하신 서점에서 교환해 드리며 책값은 뒤표지에 있습니다.

이제, 글쓰기

You are a Writer

제프 고인스 지음 | 박일귀 옮김

작가가 되는 것은, 단순하지만
중요한 믿음에서 시작된다.
"나는 작가다."

CUP

YOU ARE A WRITER

(so start ACTING like one)

JEFF GOINS

작가가 되는 것은,

단순하지만 중요한 믿음에서 시작된다.

"나는 작가다."

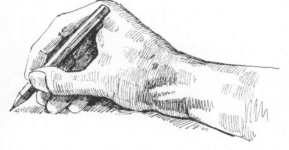

추천의 글

김유비 김유비닷컴 대표

치유와 성장에 관한 글을 쓰며, 상담하고 강의한다. 《아프면
아프다고 힘들면 힘들다고 외로우면 외롭다고 말하라》《나
를 돌보는 시간》(규장)의 저자.

내가 제프 고인스를 처음 알게 된 건 일 년 전쯤이다. 당시 나
는 혼자 매일 글을 써서 블로그에 올렸다. 한 달이라는 시간이 흘
렀지만, 방문자수는 한 자리 숫자에 불과했다. 연습하는 시간이
라고 생각했기 때문에 방문자수에 크게 연연하지는 않았다. 블
로그 운영에 대해 가르쳐 주는 사람이 없었기 때문에 시간이 날
때마다 미국 구글로 검색을 해가며 필요한 정보를 찾아봤다. 그
러다 제프 고인스를 발견했다.

그의 블로그를 처음 방문해서 눈에 가장 먼저 들어왔던 글은,

"18개월 만에 구독자 10만 명 모으는 법"이었다. PDF로 만들어진 무료 전자책이었는데, 이메일만 입력하면 바로 다운로드 받아 읽어볼 수 있었다. 파일을 열자마자, 글에 매료되어 순식간에 읽어버렸다. 제목 자체가 자극적이어서 사람들을 현혹하는 얄팍한 방식이 아닐까 의심했다. 그러나, 글을 읽고 나서 깨달았다. 그의 글에는 진심이 담겨 있었다. 나는 그의 진정성에 매료되어 일주일 내내 그의 블로그를 공부했다. 그가 쓴 모든 글을 읽었고, 그가 출판한 모든 책을 읽었다. 그가 추천한 도서 목록의 책마저 모조리 읽었다.

그는 진심을 담아, 독자 한 사람 한 사람에게 글쓰기의 본질에 대해서 말한다. "당신은 이미 작가이다. 더 이상 미루지 말고 매일 글을 쓰라. 매일 글을 쓰면서 당신의 목소리를 찾고, 그 목소리를 전달할 수 있는 적절한 플랫폼을 활용하라. 당신이 진심을 담아 진실을 말한다면, 독자는 분명히 반응할 것이다." 나는 그의 말을 귀담아들었고, 충실히 따랐다.

매일 글을 쓰는 과정에서 나는 내 목소리를 찾았다. 김유비닷컴이라는 블로그를 만들어 진심을 담아 글을 써 내려갔다. 내가 쓴 글을 페이스북에 링크를 걸어 꾸준히 올렸다. 사람들이 조금씩 반응했다. 점차 구독자수가 늘어났고, 진심으로 응원해주는 사람들이 생겨났다. 그러다, 출판사의 연락을 받았고 변변치 않은 글 실력으로 내 이름으로 된 책을 출판할 수 있었다. 이 모든 일이 불과 6개월 만에 일어난 일이었다.

나는 이미 여러 사람에게 제프 고인스에 대해 말했지만, 영어에 익숙하지 않은 사람은 그의 글을 읽을 수 없었다. 우연히, 제프 고인스의《일의 기술》이라는 책이 CUP에서 번역 출간되었다는 소식을 듣고, 나는 열렬히 그를 홍보했다. 그 인연으로《이제, 글쓰기》의 추천사를 써달라는 부탁을 받게 되었다. 마음 같아서는 그가 사는 테네시주 내슈빌에 찾아가 고맙다고 말하며 악수라도 한 번 하고 싶다. 그에게 빚진 마음이다. 이렇게라도 해서, 고마움을 표현하고 싶다.

이 책은 그동안 당신이 읽어왔던 평범한 글쓰기 책이 아니다. 작가가 되기 위해 이 책을 읽지는 않기를 바란다. 당신은 이미 작가다. 단지, 당신은 아직 쓰지 않았을 뿐이다. 머지않아, 당신이 쓰고 있는 작가가 되기를 바란다. 당신 안에는 이미 여러 권의 책이 있다. 이제, 글쓰기만 남았다. 진심을 담아, 글을 써주기 바란다. 나는 당신의 목소리를 듣고 싶다. 세상이 시끄럽지만, 당신의 목소리를 들을 때 나는 고개를 돌려 당신을 바라볼 것이다. 당신의 목소리에는 진심이 담겨 있으니까.

김건주 나들목교회 목사, 출판기획자

치유와 성장에 관한 글을 쓰며, 상담하고 강의한다. 《지금
당신의 인생엔 어떤 예수가 계십니까?》(CUP), 《2030 기회의
대이동》(공저, 김영사) 저자

　글을 쓰는 사람과 읽는 사람이 구분되어 있던 지난 세기와 달
리 이제는 누구나 글을 쓰고 읽는 세상이 되었다. 디지털 세상이
되면 사라지거나 축소될 거로 생각했던 글의 크기가 더 커졌다.
소소한 감정마저 목소리 없이 디바이스에 기록된 글로 전달한
다. '미안하다'라는 말까지도.

　일기처럼 블로그나 페이스북에 적힌 일상의 글 중에는 읽는
이를 묶어두는 매력이 강한 글이 많다. 글과 일상의 거리가 훨씬
더 가까워진 세상이다. 뛰어난 상상력이 없어도 화려한 문장력
이 없어도 글을 쓸 수 있다. 자신을 담아내는 글을 쓰면 된다.

　제프 고인스는 일상의 글을 쓰다 전문 작가가 되었다. 자기를
담아내는 글을 쓰다가 직업이 바뀐 셈이다. 글과 글쓰기에 관한
그의 이야기가 글을 만드는 방법을 다루는 여느 글쓰기 책들과
다른 색깔을 보이는 까닭이 여기에 있다. 《이제, 글쓰기》는 글쓰
기 방법을 다루는 책이 아니다. "당신이 작가입니다"라는 원제가
담고 있는 메시지처럼 자신을 담아내는 글을 쓰도록 초대하는
책이다.

자기를 담는 글을 쓰면 자연스럽게 자기만의 글을 쓰게 된다. 자기만의 문체가 만들어진다. 개인마다 다른 지문처럼 글의 지문이 만들어진다. 문장만 보아도 누구의 글인지 알 수 있다면, 그 글을 쓴 이는 이미 작가다.

《이제, 글쓰기》에 담긴 제프 고인스의 안내가 어떤 이들에게는 싱겁게 느껴질 수도 있다. 비법을 말하지도 성공 전략을 말하지도 않으니 밍밍할 수 있다. 글쓰기에 관한 책이 MSG가 배제된 음식 같은 느낌을 준다는 것은 흔치 않은 일이다. 그래서 이 책을 추천한다. 매사가 그러하듯 잘못 길든 습관을 고치는 것은 어렵다. 글쓰기도 마찬가지다. 기본이 아닌 비법에 길들면 진짜 글을 쓰는 것과는 멀어질 수 있다.

당신의 일상을 쓰고 있다면, 이미 당신은 작가다. 당신의 글을 다른 이들과 공유하라. 제프 고인스처럼 많은 이들에게 도움을 주는 이 시대의 작가로 살아갈 수 있을 것이다.

마이클 하이엇《돈이 보이는 플랫폼》 저자

제프 고인스는 글쓰기에 대한 진리를 공유한다. 플랫폼을 구축하고 독자를 확보하고 의미 있는 관계를 맺는 방법과 통찰력을 제공한다. 작가가 되는 여정의 길잡이가 되는 책 이다.

캐리 윌커슨《맨발의 경영자》 저자

작가들이여! 제프 고인스의 책을 읽어라. 지금. 당장.

프롤로그

내 이름은 제프(Jeff)다. 작가로 활동하고 있다.

여느 작가들처럼 글쓰기를 좋아한다. 하지만 나를 알리거나 내 생각을 피력하려고, 책을 내려고 글을 쓰는 건 아니다. 나는 '그냥' 글을 쓴다.

우연한 기회에 작가는 즐겁지 않은 일로 시간을 보내면 안 된다는 사실을 깨달았다. 작가는 자신이 사랑하는 일을 해야 한다. 글을 써야 한다.

좀 이상적으로 들릴 수도 있다. 하지만 이것이 최고의 작품을 만들어 내는 비결이다. 통념과는 어긋나는 것 같지만, 그렇게 해야 독자들이 당신의 작품을 좋아한다.

작가에게는 플랫폼과 영향력과 훌륭한 마케팅이 필요하다는 말을 어디선가 들어봤을 것이다.

그런데 이 모든 일을 어떻게 잘해 낼 수 있을까?

그것이 바로 이 책에서 다루는 주제다.

다시 글 쓰는 일과 사랑에 빠지고, 내가 쓴 글을 사람들과 공유할 플랫폼을 만드는 것에 관한 이야기를 하려고 한다. 이것만 잘 되면, 자기 얼굴을 홍보하러 돌아다니는 피곤한 사람이 되지 않아도 된다. 그때부터는 하고 싶은 일에만 집중하면 된다. 바로 글 쓰는 일 말이다.

열망한다는 것

콜 브래드번(Cole Bradburn)은 시인이 되길 열망한다. 그의 직업은 척추 지압사다.

매일 일터에서 환자들의 건강을 돌보고 있다. 그런데 그는 마음속으로는 또 다른 삶을 꿈꾸고 있다. "언젠가", "아마, 운이 좋으면"이라고 하면서 말이다.

콜이 자기 직업을 싫어하는 것은 아니다. 꽤 만족하고 있다. 그런데 바로 그게 문제다. 현재의 삶을 살아가면서도 그것과는 전혀 무관한 또 다른 삶을 열망하고 있다.

세상에는 콜과 같은 사람이 많다. 무명 예술가나 작가 지망생들은 뭔가 의미 있고 감동적인 작품을 창작하고 싶어 한다. 문제는, 지금 그가 그 일을 하고 있지 않다는 것이다.

많은 사람이 영향력 없는 인생을 살게 될까 봐 염려한다. 잠들기 전에, 또는 아침에 일어나면 문득, '과연 나는 다른 사람에게 어떻게 기억될까?', '나는 이 세상에 무엇을 남길 수 있을까?' 하고 생각한다. 어떤 사람들은 이대로 또 한 주를 버텨 내고, 어떤 사람들은 헛물만 켜다가 실망한다.

사람들은 인생의 어느 지점에 이르면 자신이 의미 있는 일을 하고 있는지 궁금해한다. 늘 이 문제를 생각하며 살아가는 이들도 있다. 이 문제는 어딜 가든 따라다닌다. 그렇다고 답을 전혀 모르는 것도 아니다. 이 문제의 답이 저 먼 곳에서 희미하게 들려오고 있음을 우리는 이미 알고 있다. 그동안 마음 깊은 곳에서 무언가 위험한 게 꿈틀거리지 않았는가? 받아들이기 무서워하던 그 무엇이 말이다.

나도 그것을 받아들이는 게 무척이나 두려웠다.

오래 전 나는 스페인에서 대학교 3학년 가을 학기를 고풍스러운 도시 세비야에서 교환학생으로 보내고 있었다.

하루는 친구 마르타(Martha)와 히랄다(La Giralda) 탑을 보러 갔다. 세계에서 세 번째로 큰 세비야대성당에 있는 멋진 탑이었다. 그 성당에는 콜럼버스의 묘도 있다. 나선형 계단을 따라 꼭대기로 올라가니 도시의 전경이 펼쳐졌다.

저 아래 수많은 사람의 모습이 보였다.

다시 계단을 내려와 성당에 들어설 때 마르타가 갑자기 질문을 던졌다. 그 질문이 지금도 뇌리에서 떠나지 않는다.

"난 이 세상에 무엇을 남기고 떠나게 될까?"

이 질문은 비단 마르타만의 질문은 아닐 것이다.

우리 두 사람은 성당 제단 앞에 멈춰 섰다. 수 세기에 걸쳐 만들어진 작품들이 제단 주위를 둘러싸고 있었다. 마르타는 자기가 만든 작품 중에 무엇이 오래도록 남을지 궁금해했다. 앞으로 수천 년이 지나도 없어지지 않을 나의 작품은 무엇일까? 나 역시 궁금해지기 시작했다.

우리는 이 세상에서 의미 있고 중요한 일을 하고 싶어 한다. 내가 남긴 작품이나 업적이 오랫동안 사람들 곁에 남길 바란다. 애플사의 창업주 스티브 잡스(Steve Jobs)의 말처럼, 우리는 '우주에 흔적을 남기길' 소망한다.

정말이지 우리는 지구상에 무언가 그럴듯한 것을 남기고 싶어 한다. 그러나 불행히도 그렇게 하는 사람은 극히 드물다. 그 정도의 업적을 남기기 위해 대가를 지불하기를 두려워한다. 자신은 조건이 되지 못한다고 걱정하고, 방법이 여의치 않다고 염려한다. 높은 이상에 부응하지 못할까 봐 겁을 먹고는 안전한 울타리 안에서 정해진 규칙에 따라 살아간다. 시작하기도 전에 일을 망쳐 버리고 재능을 망가

뜨린다.

어떻게? 우리가 하는 말을 보면 알 수 있다. "선망하는", "워너비"(wannabe), "되고 싶어", "언젠가는"…. 별 거 아닌 것 같지만, 이런 표현들이 우리의 열정을 갉아먹는다. 치명적인 말들이다.

물론 해결책은 있다. 두려움을 마주한 채 원하는 삶의 방향으로 나아가면 된다. 내가 나 자신이 되면 된다.

당신은 자신이 누구인지 이미 알고 있다

전부 잃은 건 아니다. 희망이 아직 남아 있다.
이제 자기 자신이 돼라.
인생은 단 한 번뿐이니까!
-스위치풋

앞서 말한 해결책은 단순하다. 하지만 결코 쉽지 않다. 내가 직접 겪어 보고 깨달은 사실이다.

나 역시 이 '열망'이란 놈과 한바탕 씨름을 한 적이 있다. 의미 있는 삶을 살고 싶어 한참을 앓았다. 어느 날, 친구 녀

석 하나가 내게 꿈이 무엇인지 물었다. 나는 없다고 대답했다. 하지만 정확히 말하면 그 대답은 잘못된 것이었다.

"아, 거참 안 됐네. 난 네가 작가가 되고 싶어 하는 줄 알았는데. 내가 잘못 알고 있었나?"

내 대답을 들은 친구는 어깨를 으쓱했다.

나는 그 말에 화가 났다. 도무지 친구의 말을 받아들일 수가 없었다. 그래서 용기를 내 입을 열었다.

"그런데 말이야, 그러니까, 나는 아마도 작가가 되고 싶은 것 같아. 언젠가는 말이야."

그러자 친구는 눈 하나 깜빡이지 않고 이렇게 말했다.

"제프, 넌 작가가 되고 싶어 할 필요가 없어. 넌 이미 작가야. 그냥 글을 쓰기만 하면 돼."

그 말을 들은 순간 망치로 머리를 얻어맞은 기분이었다. 다음 날부터 나는 글을 쓰기 시작했다. 다른 생각은 하지 않고 글을 썼다.

정말 친구 말이 맞았다. 머지않아 나는 작가가 되었다. 매일 동틀 무렵 몇백 단어씩 글을 써서 하드 드라이브에 저장했다. 계속 글을 쓰다 보니 글쓰기 실력도 향상되었다. 나중에는 정기적으로 잡지와 블로그에 글을 게재하고, 책까지 출간했다.

꿈을 좇다가 꿈을 이룬 게 아니다. 꿈꿔 왔던 일을 하자

꿈이 이루어졌다. 작가가 되기 위해 할 일은 오로지 쓰는 것밖에 없었다.

　이 일은 누구나 할 수 있다. 그런데 그것은 단순하면서도 어렵다. 당신은 이미 당신이 되고자 하는 사람이 되었다고 믿으면 된다. 그다음 할 일은 그렇게 행동하는 것이다.

왜 이 책을 읽어야 할까?

　나는 특별한 사람이 아니다. 그저 망가진 체계에 실망하고 그와 관련해 무언가 시도하려는 한 사람의 작가일 뿐이다.

　내가 지금부터 할 이야기는 새로운 것이 아니다. 사실 나도 다른 작가들처럼 사람들에게 내 생각을 전할 기회를 만드는 중이다. 많은 작가에게 배우고 있고, 그들도 나에게 배운다. 내가 열정을 다하면, 사람들도 나에게 관심을 보인다.

　이것이 바로 이 책에서 이야기할 내용이다.

　이 책에서 내 전공 분야인 작가의 '고충'도 이야기하고자 한다. 나는 한동안 배고픈 작가로 살면서 길고 어두운 터널을 지나왔다. 아무런 열매도 없이 힘든 시절을 보냈으며 수입은 최악이었다. 뜻밖에 큰 수입을 올릴 때도 있었지만 한때뿐이었다. 그 시기가 지나면 다시 어두운 터널이 이어지고 마음은 무겁기만 했다. 그래서 작가의 삶이 얼마나 힘든 것인지 잘 안다.

하지만 꼭 이렇게 살 필요는 없다. 대부분 작가가 겪고 있는 삶의 심한 기복을 벗어날 방법이 있다. 그것은 작가로서의 명예와 영광이라는 굴레에서 벗어나는 방법이기도 하다. 바로 독자의 인기에 연연하지 않고 계속 글을 쓸 수 있는 환경을 만들어 내는 것이다. 독자나 편집자들이 알아서 당신을 찾아오도록 하는 것이다. 당신도 모든 작가가 꿈꾸는 그런 삶을 살 수 있다. 초라한 모습으로 출판사에 출간 제안서나 장문의 편지를 쓸 필요가 없다. 사람들을 설득하거나 굽실거릴 필요도 없다. 생각만 해도 멋지지 않은가.

이 모든 일은 얼마든지 이루어질 수 있다. 다만 열정과 지혜와 인내심이 필요하다.

나는 우여곡절도 많았지만, 능력이 뛰어난 분들에게 소중한 가르침을 받았고, 그 유익한 조언들은 작가로 성공하는 비결을 깨닫는 데 큰 도움이 되었다. 그리고 이제, 당신과 그 비결을 나누고자 한다.

개정판을 출간하면서

이 책이 처음 나왔을 때도 나는 글을 쓰고 있었다. 이른 아침과 늦은 저녁에 계속 글을 썼다. 그 뒤로 글쓰기로 가족을 부양할 정도로 돈을 벌고 내 이름을 사람들에게 알리는 데 1년 정도의 시간이 더 걸렸다.

이번 판의 내용은 대부분 초판과 크게 다르지 않다. 다만 일부 내용을 실제로 적용할 수 있는 내용으로 바꾸었다. 초판이 나오고 나서 새롭게 깨닫게 된 내용도 추가했다. 글쓰기에 필요한 실제적인 기술과 업무에 관한 내용도 보강했다. 지금 당신이 서 있는 자리에서 쉽게 활용할 수 있는 내용을 넣었다.

글을 쓰고 싶고 글쓰기로 행복해지고 싶다면, 1장을 읽어 보라. 가장 먼저 할 일은 그냥 글을 쓰는 것이다. 그리고 본인만의 분명한 세계관을 확립하라. 자기의 생각을 이야기하는 데 익숙해지길 바란다. 그러기 위해서는 글 쓰는 습관이 필요하다.

내가 쓴 글을 다른 사람들에게 보여주고 싶다면, 그리고 내가 쓴 글에 내 열정이 충분히 담겨 있다면, 이제는 내 영역을 확장하는 방법을 배워야 한다. 그때가 오면 2장을 읽어 보라.

사실 편집자나 독자가 내 글을 피드백해 주는 것이 가장 좋다. 작가로서 빠르게 성장할 수 있는 비결이다. 모든 것이 합력하여 선을 이루듯이.

자, 그럼 이제 시작해 보겠다.

Part 01

글
쓰기

작가 선언

날마다, 어디서나, 작가는 태어난다.

작가는 자기의 글을 세상에 공유하고 사람들에게 메시지를 전하는 운명을 가지고 태어난다. 작가의 글은 사람들에게 감동을 주고 동기를 부여한다. 대지를 뒤흔들고 하늘을 요동치게 한다.

글쓰기는 선택이다. 나와 당신은 글쓰기를 선택할 수 있다. 날마다 글을 쓸 것인지 말 것인지, 세상에 자기 생각을 전할 것인지 말 것인지, 사람들에게 영향력을 미칠 것인지 말 것인지에 대한 선택은 전적으로 우리 자신에게 달려 있다.

좀 전투적으로 느껴지는가?

물론 많은 사람이 글 쓰는 일을 선택하지 않을 것이다. 많은 사람이 자기 자신이 되는 것과 자신의 소명을 이루는 일에 실패할 것이다. 그리고 우리는 그들의 글을 읽을 기회조차 없었다는 사실을 아쉬워하게 될 것이다. 참으로 가슴 아픈 일이다.

당신은 어떤가? 당신은 글을 쓰기 위해 태어난 사람이다. 그리고 글쓰기를 선택할 준비가 되어 있다. 아직 실감이 나지 않겠지만, 당신은 이미 작가가 될 준비가 되어 있다.

글쓰기와 다시 사랑에 빠지다

내가 첫사랑에 빠진 건 스무 살 때였다. 적어도 그때 나는 사랑에 빠졌다고 '생각'했다.

여자 친구와의 관계는 처음 만난 날부터 삐걱거려서 헤어지고 다시 만나기를 정확히 네 번 반복하고 헤어졌다. 마지막 헤어질 때는 친구들에게 알리지도 않았다. 여자 친구와 네 번째로 다시 만나고 완전히 헤어지기까지 거의 1년 반이 걸렸다.

1년 반이란 시간을 길다고 할 수 없다. 그런데 관계는 권태롭기만 했다. 서로 편하긴 했지만 그만큼 지루했다. 감정도 시들해졌고 누구도 서로에게 헌신할 마음이 없었다. 우리는 이 관계를 어떻게 끝내야 하는지 전혀 몰랐다. 그래서 둘 다 답답하기만 했다.

관계가 시들해지면서 나는 거리를 두었고, 여자 친구는 애정 표현을 하지 않았다. 그렇게 우리는 서로를 피할 편리한 방법을 발견했다. 그런데 무슨 이유인지 여전히 헤어지지는 못했다. 혼란스럽고 끔찍하기만 한 관계의 굴레를 어떻게 끊어야 하는지 몰랐다.

그때 비로소 깨어진 관계 안에서 많은 사람이 어떤 감정을 느끼는지 알게 되었다. 올가미에 갇힌 것 같았다. 감당하기 힘든 무언가를 쥐고 있지만, 두려워서 손에 쥐고 있는 것을 어떻게 내려놓을지 알지 못했다.

그러던 어느 날, 관계가 완전히 끝났다. 우연히 일어난 일이었다. 하지만 관계는 확실히 정리되었다. 우리는 지난 몇 달 동안 일어난 일들을 이야기했고, 자연스럽게 작별 인사를 했다. 여자 친구와 헤어지고 나서 공원 벤치에 누워 안도의 한숨을 내쉬었다. 드디어 자유를 느낀 것이다.

그 후로 몇 년이 지나고, 글쓰기를 대하면서 이때의 경험이 떠올랐다.

블로그에 과할 정도로 열심히 매달릴 때였는데(그때는 블로그를 운영하면 경력과 성공, 인기가 뒤따라온다고 생각했다), 그것이 오히려 나와 글쓰기의 관계에 독이 되었다. 블로그에 올린 글을 잡지에 게재하고 큰돈을 받는 계약을 하면서, 본래의 목적, 즉 글을 쓰는 일에 집중할 수가 없었다. 당시 나는 글쓰기를 피할 편리한 방법을 찾고 있었다. 웹사이트를 계속 업데이트했고, 출간 계획을 세워 출판사에 장문의 편지를 뿌렸다. 그러면서 계속 글쓰기에 '관해서'만 이야기했다. 교묘하게 글쓰기를 피한 것이다. 그 모습은 마치 처음 사귄 여자 친구와 헤어지지 못한 채 관계를 유지하는 것과 닮아 있었다. 바로 그때 앞서 말한 그 친구 녀석이 내 꿈을 일깨워 주었다.

친구의 말이 계속 머릿속에 맴돌았다. "넌 이미 작가야. 그냥 글을 쓰기만 하면 돼." 그것이 내가 할 일이었다. 그 시간 이후로 글쓰기에 대해 '생각하고' 글쓰기에 대해 '이야기하는' 데 시간을 낭비하지 않기로 했다. 기존 블로그들은 모두 폐쇄하고, 다시 새 블로그를 개설했다. 그리고 그때부터 진짜로 글을 쓰기 시작했다. 어쩌면 이것은 작가가 가장 하기 힘든 일이다.

하지만 첫 고통을 극복하고 나니까 이번에도 안도의 숨을 내쉴 수 있었다. 자유를 느끼게 된 것이다.

매일 아침 5시에 일어나 출근하기 전까지 몇 시간 동안 글을 썼다. 일과를 마친 저녁에도 글을 쓰는 데 몇 시간씩 할애했다. 회사에서도 점심시간이나 짬이 나는 대로 글을 썼다. 늦은 밤까지 글을 썼고 주말에도 글을 썼다. 시간이

글쓰기

날 때마다 글을 썼다.

글 쓰는 것 외의 다른 것은 생각하지 않았다. 그런데 가슴 속 깊은 곳에서 희열을 느낄 수 있었다. 드디어 글쓰기와 사랑에 빠진 것이다.

당신도 이런 경험을 해 보았거나 하고 싶은 사람일 것이다. 어느 쪽에 속하든 나는 분명히 말해 주고 싶다.

당신은 이미 작가다. 그냥 글을 쓰기만 하면 된다.

변명은 그만두고 글쓰기를 시작할 때가 되었다. 다시 작가가 될 시간이다. 영업자나 장사꾼이 되지 말라. 블로거나 사업가가 되지 말라. 작가가 돼라!

프로가 되라

작가가 되기 위한 이 모든 과정은 '손'으로 시작하는 것도, '마음'으로 시작하는 것도 아니다. '머리'로 시작하는 것이다.

처음 글을 쓰기 시작할 때 내 머릿속에는 온갖 걱정과 염려가 밀려들어왔다. 작가가 되려고 하는 나는 도대체 누구인가? 책을 출간해 본 적도 없는 나를 어떻게 작가라고 할 수 있을까?

그런데 글쓰기 공부를 한창 익힐 때 무언가 중요한 사실 하나를 배우게 되었다(물론 나는 지금도 배우고 있고, 죽을 때까지 배울 것이다). 작가의 정체성을 품는 것은 일종의 심리 게임이다. 내가 이미 작가가 되었다고 스스로를 속이는 것이다: 이 과정을 충분히 거치고 나면 정말 그렇게 되었다고 믿기 시작한다. 그리고 실제로 그렇게 행동하기 시작한다.

좀 이상하게 들리는가? 그럴 수 있다. 그런데 이것은 실제로 전문가에게 배운 내용이다.

글을 쓰기 시작할 때 나는 작가라는 타이틀이 부담스러웠다. 내가 작가에 걸맞은 사람인지, 나를 작가라고 부르는 게 정당한 것인지 의심스러웠다. 작가라고 스스로 말은 하지만 내가 전혀 작가처럼 느껴지지 않았다.

그래서 전문가에게 물어보았다.

《기술의 전쟁》(The War of Art)이라는 책에서 저자 스티븐 프레스필드(Steven Pressfield)는 가장 먼저 내 머릿속에서 전환이 일어나야 한다고 설명한다. 내 책이 〈뉴욕 타임스〉(New York Times)의 베스트셀러 목록에 오르는 것보다 나 자신을 믿는 믿음이 더 중요하다. 다시 말해, 나는 아직 작가가 아니기 때문에 나 자신을 속여야 한다는 것이다. 우리는 결국 어느 지점에서 시작해야 하고, 그 시작점이 바로 나 자신이어야 한다.

처음에는 이 제안을 귓등으로 흘려들었다. 사기꾼 같은 말이라고 생각했다. 하지만 호기심을 참을 수 없어 프레스필드에게 직접 메일을 보냈다. 그의 말이 사실인지, 그것이 정말 가능한 일인지 확인하고 싶었다. 프레스필드는 친히 인터뷰에 응해 주었다. 나는 단도직입적으로 물었다. "당신은 언제 작가가 되었죠? 출판사와 처음 접촉할 때였나요? 아니면 첫 번째 출간 계약서에 사인할 때였나요? 그것도 아니면 책 10만 부를 팔았을 때였나요?"

프레스필드는 전부 아니라고 답했다. "그럼 언제 작가가 되었죠?" 그는 자신이 스스로를 작가라고 불렀을 때, 진짜 작가가 되었다고 대답했다.

도무지 받아들일 수가 없었다. 내가 원하던 만족스러운 대답이 아니었다. 좀 더 구체적인 단계나 공식이 필요했다. 하지만 프레스필드는 이렇게 주장했다. "다른 사람들이 하는 말은 중요하지 않아요. 내가 나를 누구라고 말할 때 비로소 그 사람이 되는 거예요."

대화가 마무리될 즈음 나는 이의를 제기할 수 없었다. 그래서 한 번 시도해 보기로 마음먹었다. 시도하기도 전에 이미 결과에 대해 회의적이었고 그의 말을 의심하기도 했지만, 조금이라도 자신감을 얻을 수 있는 일이라면 마다하지 않기로 했다.

그때부터 나는 작가라고 말하기 시작했다. 페이스북에도 자기 소개란에 작가라고 써 놓았고, 메일 프로필에도 작가라는 타이틀을 추가했다. 어디든 내 이름 옆에 '작가'라고 써 놓았다. 참 터무니없고 당돌한 짓이었다.

그런데 진짜로 변화가 일어났다.

공공연히 작가라고 선언하고 다녔더니 어느새 나도 내가 작가라고 믿게 된 것이다. 작가로서 내세울 것은 없지만, 작가를 나의 소명으로 받아들이게 되었다. 다른 사람들이 작가라고 불러 주기 전에 이미 나는 작가가 되었다고 믿었고 작가처럼 행동했다.

이상한 일도 벌어졌다. 글쓰기 실력이 점점 좋아진 것이다. 그 몇 마디 말 때문에 말이다.

이 과정을 겪으면서 중요한 교훈을 얻게 되었다.

다른 사람들이 나를 누구라고 믿기 전에, 먼저 내가 나를 믿어야 한다.

바로 지금 시작하라!

자, 이제 함께 연습해 보자.

이건 긍정의 힘이나 미신 같은 게 아니다. 그동안 모른

체했던 우리 내면 깊은 곳에 있는 무언가를 끌어올리는 것이다. 일종의 믿음의 행위로, 보기 전에 믿는 것이다. 이제는 내면의 울림에 항복할 때가 되었다.

펜과 종이를 꺼내라. 휴대전화나 태블릿 PC, 컴퓨터는 안 된다. 촉각적인 경험이 중요하다. 준비되었는가? 딴생각이 들기 전에 지금 바로 시도하길 바란다.

이제 종이에 이렇게 쓰라.

"나는 작가다."

이 문구를 내일도 쓰고 그다음 날도 계속 쓰라. 당신이 정말 작가가 되었다고 믿어질 때까지 계속하라. 하나의 의식이자 실천 행위로 지속해야 한다. 앞으로도 끊임없이 의심이 들 테니 말이다. 어느 날 갑자기 회의감에 빠질 수도 있다. 그러니 계속 반복해서 해야 한다.

예술가의 세계에 온 걸 환영한다.

글쓰기는 선택이다. 나와 당신은 글쓰기를 선택할 수 있다. 날마다 글을 쓸 것인지 말 것인지, 세상에 자기 생각을 전할 것인지 말 것인지, 사람들에게 영향력을 미칠 것인지 말 것인지에 대한 선택은 전적으로 우리 자신에게 달려 있다.

작가는 글을 쓴다

견습 작가들에게는 공통된 경향이 있다. 대부분 아이디어를 많이 축적해 놓고 있다. 반쯤 쓰여 있는 글이 수백 편이나 되고, 몇 권의 책은 이미 원고를 쓰기 시작했다.

그런데 그 많은 글 중에 마무리한 작품은 거의 없다.

나도 마찬가지였다. 한 달에 한 번쯤 쉬는 날에 '영감'이 떠오르면 그때 글을 썼다. 한 번 자리에 앉으면 뭔지 모를 에세이를 몇 시간씩이나 주야장천 써 내려갔다. 글을 보면서 혼자 감동에 빠졌지만, 사실 이런 일은 쓸데없이 에너지만 낭비하는 일이었다.

창의적인 아이디어나 가능성 있는 프로젝트(웹사이트나 커뮤니티, 훌륭한 작품들)의 목록을 길게 뽑아 보기도 했다. 그중에는 실제로 일주일 넘게 실행한 프로젝트도 있다. 하지만 끝까지 마무리한 것은 하나도 없었다.

이룬 것 없이, 어떤 것도 만들어 내지 못한 채 꿈만 꾸고 있었다. 창조성이 생산성을 전복해 버리면 매우 위험한 상태에 이른다. 수많은 프로젝트를 가지고 있으면서 어느 것 하나 제대로 마무리하지 못한 이유는 무엇일까? 바로 '두려움'이다.

끝낸다는 것에 대한 두려움, 한 가지 일에 집중하다 그것을 끝내는 것에 대한 두려움이다. 우리는 이렇게 생각한다. '결과가 이상하게 나오면 어떡하지? 망치면 어떡해?' 두려움은 우리에게 잘못된 답을 제시하고 마치 세상이 끝날 것처럼 말한다. 곤란한 상황에 빠질 거라고, 시간을 낭비하는 짓이며, 다시는 기회가 없을 것이라고 말한다. 하지만 모두 새빨간 거짓말이다. 실제로 그 일들은 우리에게 배움의 기회를 제공하고 성장하는 데 동력이 된다.

진실은 이것이다. "세상에 잘못된 것은 없다. 그러니 지금 시작하라."

지금 당장 묵혀 둔 계획은 모조리 취소하고, 한 가지 프로젝트만 선택해서 밀고 나가라. 그것이 책이든 한 편의 기사든, 아니면 다른 무엇이든 상관없다. 당신이 지금 할 일은 그 선택한 것을 쓰는 것이다. 그리고 끝을 보는 것이다. 한 번 끝내는 법을 배우면 다시 시작하는 법도 알게 된다. 그렇게 되면 다른 프로젝트도 시작해서 마무리 단계까지

도달할 수 있다. 이런 식으로 프로젝트를 하나하나 시작해서 마무리하는 것이다.

글을 쓰기 시작하라. 그렇지 않으면 할 수 있는 일은 오직 기다리는 일뿐이다.

연습이 습관을 만든다

몇 년 전 처음으로 하프 마라톤을 완주했다. 그때가 첫 시도는 아니었다. 그보다 1년 전 마라톤에 참가하려고 준비했다. 하지만 참가하지는 못했다. 당시에는 연습을 안 한 것은 물론이고, 마라톤용 운동화도 사야겠다고 생각만 하고 끝내 사지 못했다. 매일같이 빈둥거리다가 아무 날이나 되는대로 나가서 아무 신발이나 신고 10km 정도 뛰는 것이 '연습'의 전부였다. 그러다가 연습 도중 다치는 바람에 마라톤에 참가하지 못했다.

그 뒤로 다시 마라톤에 도전했을 때는 마음을 다잡고 계획을 세웠다. 연습할 시간을 따로 정해 놓고 적게나마 돈을 들여 장비도 구입했다. 그러다 보니 마라톤 준비에 좀 더 진지하게 임하게 되었다. 나중에는 스포츠에 대해 일종의 경외심까지 느꼈다. 시간과 노력을 들이면 그만큼 열매를 거둘 수 있다는 진리를 깨달았다.

몇 달에 걸친 훈련이 끝나고 나는 드디어 마라톤 결승선을 통과했다. 그 이후 매일 아침 일찍 일어나 커피를 마시고 10km를 달렸다. 그런 다음 회사에 출근하기 전까지 책 몇 쪽을 써 내려갔다.

저녁 시간 그날 하루 동안 성취한 일을 돌아보면 깜짝깜짝 놀란다. 아침에 일찍 일어나기, 10km 달리기, 1,000단어 글쓰기. 어쩌다가 나에게 이런 일이 벌어진 걸까?

이 모든 것은 연습하다 보니 이루어진 일들이다. 따로 생각하거나 이야기해서 된 것이 아니다. 의미 없는 목표나 헛된 계획을 세우는 데 시간을 낭비하는 대신 나는 그냥 계속했고, 그러다 습관으로 자리 잡아 탄력이 붙었을 뿐이다.

역도 선수들은 역기를 들었다는 이유로 우리처럼 근육통이 생기지 않는다. 역도 선수들은 훈련장에 나가서 근육을 만들고 집으로 돌아갔다가 다음날 다시 훈련장에 나가서 근육을 만든다. 반복이 이어질수록 생각은 줄어들고 결과는 좋아진다.

다른 일들도 마찬가지다. 근육이 만들어지지 않으면 아프기만 하다. 우리는 매일 연습해야 쉽게 지치지 않는다. 모든 근육이 이런 식으로 만들어지는 것처럼 창조적인 작업도 그렇게 이루어진다. 무슨 일이든 오래 반복하면 습관처럼 몸에 배게 된다.

아침에 일어나 아무 생각 없이 무언가를 반복하는 게 정말 목표를 향해 열정을 불태우는 일일까? 깊이 고민하고 분투하거나 확신을 세우는 과정 없이 무조건 그렇게 하는 게 맞을까? 물론이다. 그렇게 하면 글쓰기나 달리기는 물론이고 당신이 인생에서 하고 싶은 모든 일을 할 수 있다. 쉽지는 않다. 가끔 좌절할 것이다. 하지만 무언가를 충분히 오랫동안 하면 막상 그 일을 의식하지 않고 어느새 자연스러워지는 경지에 이른다.

달리기나 역도처럼 어떤 일을 매일 연습하면 습관이 된다. 매일 글을 쓰면 언젠가 자기만의 리듬을 찾고, 자기 안에 차곡차곡 쌓여 있는 글감도 발견한다. 자기만의 목소리를 내는 것이 자연스러워지고, 그밖에도 많은 변화가 일어난다. 이 모든 것이 합쳐지면 드디어 나만의 메시지가 만들어진다.

이렇게 되기까지는 몇 달, 몇 년이 걸린다. 그래도 포기하지 않고 계속 그 자리에서 숙련하다 보면 어느새 변해 있는 자신을 발견하게 된다.

주변을 정리하라

내 이야기 때문에 마음이 심란해진 사람들이 있을 거다. 실제로 매일 글을 쓰라고 제안하면 "시간이 없는데요."라는 대답을 많이 듣는다.

우리는 참 바쁘게 산다. 생계를 위해 돈도 벌어야 하고 자녀들도 양육해야 한다. 이외에도 해야 할 일이 참 많다. 나도 그런 상황에 놓여 있기에 잘 이해한다. 그래서 우리는 우선순위를 정해야 한다.

세상에는 우리가 집중하지 못하게 방해하는 것들 천지다. 매일같이 쏟아지는 광고의 홍수 속에서 우리는 조급증에 시달리며 정신없이 살아간다. 일반적으로 요즘 사람들이 집중할 수 있는 시간은 3분도 채 안 되고, 그마저도 점점 짧아지고 있다. 유튜브(YouTube)에서 5분짜리 동영상을 시청해 보라. 중간에 메일을 확인하거나 브라우저 탭을 바꾸거나 전화를 받지(또는 전화를 하고 싶어 하지) 않고 동영상을 끝까지 다 봤다면, 박수를 보내겠다. 아마 대부분은 집중력이 현저히 떨어져 있을 것이다.

내 경우는, '소셜 미디어'가 주의를 산만하게 만드는 가장 큰 훼방꾼이었다. 페이스북과 트위터(Twitter), 프렌드피드(Friendfeed), 블로그, 닝(Ning), 플락소(Plaxo), 링크드인(LinkedIn), 구글 플러스(Google Plus), 굿리즈(Goodreads), 스냅챗(Snapchat), 워드프레스(WordPress), 인스타그램(Instagram), AIM, 재버(Jabber), 텀블러(Tumblr), 플리커(Flickr), 포스퀘어(Foursquare), 마이스페이스(Myspace), 디그(Digg), 딜리셔스(Delicious), 스텀블어폰(StumbleUpon), 옐프(Yelp), 패스(Path), 바인(Vine), 핀터레스트(Pinterest) 등 꽤 많다.

나는 지금 언급한 소셜 미디어를 모두 이용했다. 그런데 그다지 얻은 것은 없다. 사람들은 작가처럼 대중과 소통하는 사람들은 온라인을 활용해야 한다고 생각한다. 물론 당연히 틀린 생각이다. 그런데도 이런 말을 쉬지 않고 되풀이하고 있다. "당신은 어디에나 있어야 한다"는 근거 없는 믿음을 가지고 있다.

누가 이런 말을 할까? 최신 트렌드를 좇는 사람들이다. 나도 한때 그런 부류의 사람이었다.

하지만 매일 글을 쓰기 시작하면서 불편한 진실을 알게 되었다. '반응'하는 것과 '창작'하는 일을 동시에 하는 것은 불가능하다. 누구나 마찬가지다. 우리 뇌는 한꺼번에 많은 일을 제대로 할 수 없다. 관심 분야가 다양하더라도 한 번에 한 가지 일만 잘할 수 있다.

'멀티태스킹'은 신화일 뿐이다. '창작'하거나 '반응'하거나, 둘 중 하나만 할 수 있지, 동시에 둘 다 하기는 힘들다. 현명하게 선택하기 바란다.

하던 일에서 손을 놓는 것은 괴롭다. 하지만 시간을 낭비하는 건 훨씬 더 괴로운 일이다. 끝없이 이리저리 들락거리며 창조적인 에너지를 허비한다면 이보다 더 나쁜 일은 없다. 나는 이제 몇 가지 필요한 소셜 미디어만 남겨 두고 나머지 웹사이트에서 탈퇴했다. 인터넷 이용 시간도 제한해서 글 쓰는 시간, 즉 창작하는 시간을 확보했다. 진짜 작가가 되고 싶다면 이 정도 희생쯤은 각오해야 한다.

다시 말하지만, 최고의 작품을 창조하려면 그만큼의 공간을 확보해야 한다. 지나친 소음은 차단하고 진짜 중요한 일에 집중해야 한다.

당신을 집중하지 못하도록 방해하는 것은 무엇인가? 나에게는 소셜 미디어였던 그것이 당신에게는 TV나 최신 온라인 게임일 수 있다. 스마트폰은 어떤가? 그게 무엇이든 깨끗이 제거해 버리고 할 일을 시작하라.

성공적인 글쓰기의 비결

"시간이 없다"라는 현실적인 어려움 다음으로 많이 들

는 말은 "무엇을 써야 하죠?"라는 질문이다.

전문가들은 특정 인물을 상상해 보라고 권유한다. 마케팅 담당자들이 소비자에게 접근할 때 활용하는 방법이다. 가상의 인물을 만들어 이름과 생김새를 정한 다음 그 사람에게 접근하기 위한 갖가지 소통의 수단을 찾는다.

아직 "나는 작가다"라고 써 놓은 종이만 붙잡고 있다면, 또는 여전히 글쓰기 습관을 들이기 위해 노력하고 있지만 무엇을 써야 할지 모르겠다면, 좋은 방법이 있다. 바로 이것이다.

"나는 한 사람에 관한 글을 쓰겠다. 단 한 사람, 바로 나에 대한 글이다."

이제 막 글을 쓰기 시작했거나 수년 동안 글을 써 왔다면, 이것만큼 좋은 방법도 없다. 염두에 두어야 할 단 한 사람은 나 자신이다. 이것이 성공적인 글쓰기의 비결이다. 다른 사람의 기대에 부응하려 하지 말고 내게 삶의 의미를 주는 것을 찾아서 써 보라.

이렇게 글을 쓰다 보면 한 가지 사실을 발견하게 되는데, 나 자신이 생각만큼 그렇게 특별한 사람이 아니라는 것이다. 나와 같은 생각을 하는 사람이 세상에 아주 많다.

온라인에 글을 올리면 일주일에 1,000명 넘는 사람들이 그 글을 내려받는 것을 보고 세상에는 나만 이런 생각을 하는 것이 아님을 깨달았다. 나는 혼자가 아니었다. 글을 읽고 공감하는 사람들도 마찬가지였을 것이다.

누군가 이렇게 말했다. "나와 생각이 같은 사람이 적어도 100만 명 중 한 명은 있다. 세계 인구는 70억 명이니까 지구상에 적어도 7,000명의 사람은 나와 같은 생각을 하고 있다." 이런 생각을 하면 외롭지 않다. 이어서 이런 질문을 할 수 있다. "수천 명의 사람이 내 글을 기다리고 있는데, 나는 그들을 어떻게 찾지?"

나 자신부터 시작한다는 게 믿기 힘든가?

대부분의 사람은 자신이 무엇을 원하는지 잘 모른다. 작가들도 가끔 자신이 쓰고 싶은 것을 잊어버리고 다른 사람들이 좋아하는 글을 쓴다. 여기서 문제는 글쓰기가 나만의 창조적인 예술이 아니라는 것이다.

당신의 목소리는 당신이 생각하는 것보다 더 소중하고 중요하다. 독자는 작가인 당신의 통찰력과 생각의 깊이를 기대하고 있다. 독자는 작가가 대중에게 영합하기보다 그들의 생각을 마구 흔들어 놓길 바라고 있다.

본연의 자신이 되어야만 한다. 나만의 진솔한 이야기를 해야 한다. 이것이 작가로서 나의 인생을 이야기하기 위한 다음 단계다. 작가가 자신을 진심으로 대해야 독자도 작가를 진심으로 대할 수 있다.

고백하건대, 이 일은 나에게 매우 어려운 일이었다. 오랜 시간 다른 사람들이 자신의 목소리를 찾도록 도와주면서 살았기에, 내 목소리가 무엇인지 알지 못했다. 내가 언제 나만의 목소리를 내게 되는지, 언제 내 목소리가 사람들의 신경을 자극하는지 알려 줄 사람들이 필요했다. 다른 사람들의 조언이 필요했다.

매일 글을 쓰기 시작했을 때, 내 글이 어느 누군가에게 호응을 얻을 거라는 생각은 하지 못했다. 그냥 아무 생각 없이 공개하기만 했다. 그런데 내 글을 읽은 친구 몇 명이 내가 드디어 나만의 목소리를 내고 있다고 이야기해 주었다. 내가 깨닫기도 전에 말이다.

당신도 마찬가지다. 의자에 궁둥이를 붙이고 가만히 앉아 있으면 된다. 무언가를 창작하기만 하면 된다. 어떤 것이든 좋다. 충분히 오래 앉아 있으면 진짜로 좋은 작품이 만들어지고, 당신에게 관심을 보이는 사람들이 당신의 작품을 좋다고 말할 것이다.

처음에는 긴가민가하겠지만, 꾸준히 하다 보면 모든 전문가가 잘 알고 있는 '현실'을 발견할 것이다. 그것은 연습이 전부라는 사실이다. 내가 쓰는 모든 글과 내가 취하는 모든 행동은 앞으로 더 발전하기 위한 기회다. 나의 목소리를 발견하고 내가 혼자가 아니라는 걸 알기 시작하면, 무엇을 써야 할지 고민하지 않아도 된다. 오히려 글쓰기는 신나는 일이 된다.

글을 쓰기 시작하라. 그렇지 않으면 할 수 있는 일은 오직 기다리는 일 뿐이다.

'좋은 것'에 대한 신화

03

　나는 내가 좋은 작가라고 생각했기에 여기서 더 달라지거나 성장해야 한다고 느끼지 못했다. 하지만 실제로 나는 그렇게 좋은 작가가 아니었다.

　안타깝지만 유능한 작가 중 나처럼 생각하는 사람들이 꽤 많다. 글을 고쳐서 다시 써 보라고 하거나 글쓰기 기술에 도움이 되는 방법을 제안하면 그들은 방어적인 태도부터 보인다. 아무 반응을 보이지 않는 경우도 꽤 많다. 피드백을 요구하는 작가는 더더구나 찾아볼 수 없다.

　세상에는 좋은 작가도 있고 나쁜 작가도 있다.

　좋은 작가들은 끊임없이 훈련한다. 시간을 들여 글을 쓰고 글이 완성될 때까지 글을 다듬고 교정하는 일을 게을리하지 않는다. 퇴고(推敲) 과정만 몇 시간, 또는 며칠이 걸린다.

좋은 작가들은 늘 비판을 달게 받아들이고 유익한 조언을 고마워한다. 외부의 목소리든 내부의 목소리든 귀를 기울여 들으려고 한다. 모든 것을 더 나은 글쓰기를 위한 자원으로 활용한다. 초고(草稿)는 조잡하지만, 공을 들이면 그만큼 훌륭한 원고가 탄생한다는 사실을 받아들인다. 이것은 비단 글쓰기에만 해당하는 이야기는 아니다. 세상사 모든 일이 그렇다.

좋은 작가들은 끝까지 밀고 나간다. 그들은 자기가 무슨 일을 하는지, 글쓰기가 단순히 직업이나 취미 이상이라는 사실을 알고 있다. 그들에게 글쓰기는 '소명'이다.

나쁜 작가들은 글쓰기가 소명이라는 사실을 모른다. 그래서 나쁜 작가가 되는지도 모르겠다. 그들은 자기 글이 어느 정도 수준에 이르렀다고 여기고는, 수정하거나 고쳐 쓸 생각을 아예 하지 않는다.

이런 태도는 매우 오만해 보인다. 하지만 실제로 그들은 게으르거나 두려운 것이다(두려운 경우가 훨씬 많다). 왜 글을 고치지 않을까? 왜 사람들의 피드백을 받지 않을까? 왜 하룻밤 만에 천재가 탄생할 거라는 망상에 사로잡혀 있을까? 잘못될까 봐 두렵기 때문이다. 실패가 두려운 것이다.

그 결과, 나쁜 작가들의 글은 산만하고 일관성이 없다. 자기가 세운 탁월함의 기준에도 턱없이 부족하다.

작가는 좋은 작가와 나쁜 작가로 나눌 수 있다. 그런데 글도 좋은 글과 나쁜 글로 나눌 수 있을까?

'좋은 것'에 대한 정의

이따금 내 메일로 자신이 쓴 글을 보내고는 걱정스러운 투로 묻는 이들이 있다. "이 글 괜찮나요?" 그러면 나는 솔직히 대답한다. "잘 모르겠는데요." 진짜 모른다. 알고 싶지도 않다.

나는 내가 어떤 글을 좋아하는지 알고 있다. 하지만 중요한 것은 내가 좋아하는 글이 아니라 글의 '효율성'이다. 왜 그런지 설명해 보겠다.

'좋은 것'은 주관적 견해에 불과하다. 무엇이 좋은 예술 작품일까? 무엇이 좋은 음악일까? 견해는 사람마다 다르다. 혹시 공사장 인부들이 이런 대화를 나누는 걸 들어봤는가?

"해리, 난 자네 생각에 동의할 수 없어. 그 망치는 별로야. 자네는 그 망치의 진가를 인정할지 모르겠지만, 내 취향과는 안 맞거든."

"글쎄, 로이드. 자네가 무슨 말을 하는지는 알겠네. 그래도 이건 인정해야 해. 오늘날 어떤 작품보다 이 망치가 미적인 면에서는 걸작이라네."

세상에 이런 대화를 나누는 인부들은 없다. 말도 안 되는 이야기다. 좋은 망치를 평가하는 기준은 성능에 있다. 물론 목수마다 생각하는 망치의 우수함은 다를 것이다. 그러나 제일 중요한 건 '망치가 제구실을 하는가'이다.

글쓰기도 똑같다.

좋은 글쓰기는 갑론을박의 대상이 아니다. 글은 제구실만 하면 된다. 물론 기초 문법이나 구성 같은 몇 가지 기본 사항을 갖추고 요점은 명확해야 한다. 횡설수설해서는 안 된다.

하지만 이외에는 평가의 대상이 될 수 없다.

사람들이 생각하는 '좋은 것'의 정의는 제각기 다르다. 어떤 사람이 매우 좋아하는 것을 다른 사람은 대단히 싫어할 수 있다. 그러니 '좋은' 작가가 되겠다는 강박관념을 버려라. 그것은 중요하지 않다. 너무나 많은 작가가 명확한 기준도 없는 '좋은' 작가가 되려고 한다. 하지만 그 자체가 불가능한 소망이다. 그보다는 가벼운 마음으로 자기 글에 자신감을 가지는 게 훨씬 낫다.

이 세상에 당신의 생각을 들어줄 독자가 정말 없다고 생각하는가? 나를 믿어라. 당신의 독자는 분명히 어딘가에 있다. 이제 찾기만 하면 된다.

자유롭게 쓰기 시작하라

앤 라모트(Anne Lamott)의 책 《글쓰기 수업》(*Bird by bird: some instructions on writing and life*, 웅진윙스 역간)에 실린 "조잡한 초고"라는 제목의 글을 좋아한다.

라모트의 주장을 요약하면 이렇다. "모든 초고는 당연히 조잡하다. 그러니 그걸로 됐다." (정말이다. 이게 저자의 스타일이다. 그냥 무심한 듯 넘어가지만 그게 요지다.)

첫 시도에 굉장한 작품을 써낼 거라는 망상을 버리자. 그런 시도조차 하지 말아야 한다. 그런 건 아마추어나 하는 것이다.

당신이 인정하고 싶지 않은 비밀이 하나 있다.

"프로는 언제든 자신을 노출할 준비가 되어 있다. 마법의 콩이나 신기한 공식 따위는 없다. 그저 묵묵히 열심히 하는 것이 전부다."

훌륭한 전달자들은 자신이 말하고자 하는 요점을 최대

한 간결하게 전달한다. 불필요한 사족은 모두 제거한다. 조잡한 초고를 다룰 때도 그렇게 해야 한다.

'천재성'은 글을 퇴고하는 과정에서 발휘된다. 성공한 작가들은 대부분 독자와 공유할 알맹이를 건지기 위해 글을 거듭 수정하는 지루한 과정을 거친다. 방식은 이렇다. 우선, 매일 글을 쓴다. 쓸 만한 글을 100편 정도 골라내기 위해 1,000편 정도의 초고를 작성한다. 가까운 동료들에게 자기 글을 보여 주기도 하면서 여러 번 고치고 다듬는 과정을 거쳐 세상에 작품을 내놓는다. 물론 작품을 내놓을 때도 해야 할 일이 여러 가지 있다. 당신도 예외는 아니다.

오늘부터 당장 쓰기 시작하라. 무엇이든 상관없다. 단한 문장이 될 수도 있다. 제목만이라도 괜찮다. 종이(또는 화면)에 쓰라. 지금 고민하고 있는 것을 써도 된다. 지금 당장 하라. 새벽 3시에 불쑥 어떤 생각이 떠오를지도 모른다. 그냥 자유롭게 쓰라. 손가락을 계속 움직여야 한다.

시간과 에너지를 낭비하는 것 같겠지만 이것도 엄연한 글쓰기 작업이다. 글을 더 많이 쓰면 더 많이 고칠 수 있다. 날것 그대로의 생각들로 시작해서 핵심만 남기고 쓸모없는 것들을 제거해 나가 보라. 천재성이 그 모습을 드러낼 것이다.

좋은 글은 퇴고에서 탄생한다

"내 말은 모두 진심이었고,
난 진심인 것만 말했다."
-닥터 수스

닥터 수스(Dr. Seuss)의 이 말은 '천재적인' 글쓰기에 대한 모든 미스터리를 해결할 실마리를 제공한다.

그렇다. 이 말 속에 중요한 열쇠가 있다. 대부분 작가들은 천재가 되길 바라고, 나 역시 그중 한 명이었다. 누구나 지혜롭고 재치 있는 작가로 영원히 기억되길 바라기에 어쩌면 당연한 일인지도 모른다. 오래도록 단조롭고 지루한 일을 해야 한다고 생각하는 작가는 거의 없다.

하지만 천재적인 것은 극히 단순하다. 하지만 만만하지는 않다.

공자나 랄프 왈도 에머슨(Ralph Waldo Emerson, 미국의 사상가 겸 시인 – 옮긴이 주)의 격언이나 예수의 말씀에 사람들이 주목하는 이유는 무엇일까? 내용이 장황하고 인생의 모든 진리를 담고 있어서일까, 아니면 간명하고 심오해서일까?

역사에 길이 남는 '어록'을 남긴 위인들은 말이 장황하

글
쓰
기

거나 수다스럽지 않았다. 유명한 영화 대사나 정치 연설처럼 한 번쯤 들어본 문구를 생각해 보라. 그 문구가 우리 머릿속에 남아 있는 이유는 내용의 길이 때문이 아니다. 그런 경우는 거의 없다. 그보다는 말에 '호소력'이 있어서다.

글쓰기는 공간과 관련이 많다. 사실 글쓰기는 말하기보다 '보여 주기'다. 그래서 배치되는 모든 단어가 중요하다.

그러면 어떻게 해야 할까? 글쓰기 연습을 많이 한다. 그리고 글을 자주 고쳐 써야한다.

그걸로 충분하다. 믿기 어렵겠지만, 글을 쓰는 데 생각만큼 많은 단어가 필요하지 않다. 격언에도 있듯이, "좋은 글쓰기는 다시 쓰기"(Good writing is rewriting)다(원래의 뜻을 훼손하지 않는 한). 단어 수를 줄일 수 있다면 그렇게 하라. 가끔 우리는 이 문제를 회피하느라 이런저런 이야기를 수도 없이 늘어놓는다. 글을 쓸 때 잡다한 생각은 필요 없다. 곧장 본론으로 들어가라. 말하고 싶은 것을 생각한 다음 그대로 글로 옮기면 된다. 그게 끝이다.

회고록이나 단편 소설을 쓰는 경우도 예외는 아니다. 모두 똑같다. 불필요한 말로 지면을 채우면 독자의 시간만 낭비하는 꼴이다.

기억하라! 모든 단어는 중요하다.

말이 장황한 사람은 이런 방법이 어렵게 느껴질 수 있

다. 글 한 편을 썼다면 분량을 절반으로 줄이면서 '단어 수 최대한 줄이기' 게임을 한다고 생각해 보라. 생각했던 것과 다를 수 있겠지만, 분명 독자나 편집자가 고마워할 것이다.

잘라 낼 내용이 계속 나온다면 준비된 글이 아니다. 전적으로 필요한 단어가 아니라면 모두 선을 그어 지워야 한다. 가장 좋은 방법은 편집자의 눈을 갖는 것이다. 보통 때는 무시하고 넘어가던 단어들을 골라내는 훈련을 해 두면 도움이 된다.

몇 가지 팁을 적어 보겠다.

- '이', '그', '저'와 같은 관형사나 '매우', '아주'와 같은 부사는 최대한 지워라. 거의 쓸모없는 표현들이다.
- 가능하면 문장에서 부사는 제외하라. 보통 부사는 'typically'처럼 단어 끝에 -ly가 붙는다(한국어의 경우 영어와 달리 부사보다 형용사를 지나치게 사용하지 않는 것이 좋다 - 옮긴이 주).
- '그리고', '그러나'처럼 접속사를 넣어 길게 늘여 놓은 문장을 찾아라. 접속사를 제거하고 문장을 나누면 한층 간명해진다.
- '~라고 생각한다', '내가 보기에는'과 같은 표현은 글의 설득력을 약하게 만든다. 정말 필요한 경우가 아니라면

모두 삭제하라. 이런 표현을 사용할 때는 신중해야 한다.

물론 여기 제시한 팁을 적용한다고 해서 글 전체가 완벽하게 간결해지는 않는다. 핵심은 모든 단어를 제대로 사용하는 것이다.

공개적으로 연습하기

진정한 작가는 끊임없이 연습한다. 리허설을 말하는 게 아니다. 뮤지션이나 운동선수, 사자 조련사들은 모두 언제든지 놀라운 실력을 보여 줄 준비가 되어 있다.

공개적으로 연습하는 이들은 두말없이 대중 앞에 모습을 드러내고 관객 앞에서 일을 시작한다. 핑계를 대거나 놀지 않고 진짜 해야 할 일을 한다.

글쓰기도 다르지 않다.

종이에 몇 자 끄적거리고 서랍에 집어넣는 건 쉽다. 하지만 진정한 작가가 되려면 어느 정도 위험을 감수해야 하고 내가 쓴 글을 세상에 내놓아야 한다. "벽에 붙는지 안 붙는지는 던져 봐야 안다"(Throw it against the wall, and see if it sticks).

글쓰기는 '활동적인' 작업이기에 모든 지각과 감각을 동원해야 한다. 내 작품을 만천하에 공개하기 전까지는 개인적인 연습에 불과하다. 더 이상 착각하거나 안이하게 생각하지 말라.

이제 당신의 글을 세상에 내놓을 시간이다. 성공이 목적이 아니다. 실은 정반대다. 열에 아홉은 실패한다. 그런데 그게 중요하다. 우리는 실패에서 배운다.

모든 작가가 받아들이고 싶어 하지 않는 교훈을 배우면서 피가 되고 살이 될 만한 혹독한 피드백을 들을 수 있어야 한다.

스티브 잡스는 "진정한 예술가는 작품을 내놓는다"(Real artists ship)라고 말했다. 나는 이 말을 좋아한다. 최근에 누가 이 말을 '진정한 예술가'만이 작품을 내놓을 수 있다는 뜻으로 해석하는 것을 들었다. 다시 말해 세상에 내놓는다고 모두 예술은 아니라는 것이다. 하지만 세상에 내놓지 않으면 그것이 무엇이든 중요해지지 않는다.

진정한 예술가는 작품을 세상에 내놓을 때마다 실패할 각오를 한다. 당신의 글이 중요하다면 그것에 맞게 행동해야 한다. 작품을 공개하기 전까지는 예술 작품을 창조했다고 말할 수 없다. 그냥 빈둥거리며 놀고 있는 것과 별반 다르지 않다.

명심하라. 두려움은 늘 두려워하는 대상보다 크게 다가온다. 거절도 당하고 고통도 겪겠지만 가장 큰 실패는 아무런 위험도 감수하지 않는 것이다.

이제 시작하라. 리허설은 없다. 동료들과 한담을 즐기거나 같잖은 위로 따위를 나눌 때가 아니다. 말은 필요 없다. 지금 당장 행동하라.

당신이 쓴 글을 우리에게 보여 주어라.

잘라 낼 내용이 계속 나온다면 준비된 글이 아니다. 전적으로 필요한 단어가 아니라면 모두 선을 그어 지워야 한다. 가장 좋은 방법은 편집자의 눈을 갖는 것이다.

글쓰기는 힘들다

앞서 나는 글쓰기와의 관계에서 권태기에 빠진 시절이 있었다고 고백했다. 그때 왜 블로그와 결별했는지 궁금하지 않은가?

5년 동안 블로그에 글을 올렸는데 아무도 읽지 않았다. 온갖 방법으로 블로그를 최대한 노출하려고 노력했다. 그 과정에서 내 마음은 서서히 죽어갔고 침울해졌다.

성공하는 작가들을 바라보며 한없이 부러웠다. 화가 났다. 하지만 정작 중요한 일, 내가 바라던 일은 하고 있지 않았다. 나는 그때 글을 쓰고 있긴 했지만, 즐기지 못한 채 결과만 쫓고 있었다. 그래서 블로그를 닫고 기본으로 돌아가 다시 글쓰기와 사랑에 빠졌다. 어떤 이익이나 명예도 구하지 않았다. 분석이나 계산도 하지 않았다. 글쓰기를 위한 글쓰기만 했다.

그 결과 아주 놀라운 일이 벌어졌다. 글쓰기를 즐기기 시작했다. 글의 질도 한층 높아졌다. 마침내 사랑하는 일을 하며 자유로움을 느꼈다.

이 일은 누구나 할 수 있다. 물론 대가가 따른다. 좋은 변화에는 그만한 희생이 따르기 마련이다.

덫에 걸렸다고 느꼈을 때

일이 잘 되는 것 같다가도 덫에 걸리는 일이 생긴다. 그토록 원하던 일을 하고 있으면서 어느 순간 그 일에 대한 소명과 기쁨을 잊어버린다.

이런 일은 누구에게나 조용히 찾아온다. 일은 계속하고 있지만 진공 상태에서 소리를 지르는 느낌이 들게 한다. 이내 열기는 식고 열정을 내려놓고 싶다.

가끔 일이 잘되고 있을 때도 그런 느낌이 든다. 의미를 찾을 수 없는 그 일에서 벗어나고 싶을 뿐이다. 답답하기만 한 암흑기가 끝나기만 바랄 뿐이다.

황무지에 갇혀서 이런 상황에 처하게 만든 원인을 탓하기 시작한다. 작품을 완전히 뜯어고치고 싶은 자신을 발견할 수도 있다.

이 위기를 어떻게 대처하는가에 따라 창조자의 개성이 형성된다. 이때 그 사람이 인생을 통해 무엇을 남기는지 결정된다. 의미 있고 기념이 될 무언가를 창조해 내는 사람과 그냥 포기하는 사람의 차이가 여기서 생긴다.

많은 사람이 이런 상황에서 모든 걸 포기하고 싶어 한다. 패배를 인정하고 다른 나라로 떠나거나 산속 오두막집으로 들어가서 속세를 잊고 싶을 것이다.

그렇다고 해서 일이 끝나는 것은 아니다. 또 다른 여행의 시작일 뿐이다. 처음으로 글쓰기와 씨름하는 초보자든, 일생을 글만 써 온 베테랑이든 마음을 편히 먹어야 한다. 아직 창조해야 할 더 좋은 작품이 남아 있다.

이 덫에서 벗어나려면 무엇보다 용기가 필요하다.

정말로 필요한 것은

"작가가 되는 일은 결국 스스로에게
'나는 어떤 사람으로 살아가고 싶은 거지?'
라고 묻는 것과 관련 있다."
-앤 라모트

글쓰기는 정말로 힘든 노동이다. 대학교 작문 수업 시간에 이런 이야기를 하는 사람은 없다. 글쓰기가 얼마나 힘든지 알면 처음부터 시작하지 않을 것을 알기 때문이다.

글을 쓴다는 것은 참 쉽지 않은 고귀한 소명이다. 부딪쳐 이겨낼 가치가 있는 다른 모든 일처럼, 글 쓰는 일도 나의 모든 것을 던져야 한다. 손가락과 머리는 물론이고 내 모든 자아를 바쳐야 한다.

종이에 내 영혼을 드러내야 하고, 사람들에게 내가 쓴 글을 읽어 달라고 요청해야 한다.

나는 거짓말을 할 수 없다. 글쓰기는 생각보다 힘든 일이다. 잘하는 거로는 충분하지 않다. 탁월해야 한다.

사람들은 자기 자신에게만 관심이 있을 뿐 아무도 당신에게 관심을 주지 않는다.

당신이 '무엇'을 알고 있는가보다 '누구'를 알고 있는지가 더 중요하다.

글을 쓰기 위해 날마다 넘어야 할 산이 많다. 우리는 계속해서 싸워야 한다. 날마다 다른 가면을 쓰고 나타나는 두려움에 맞서서 계속 가야 한다. 짐작하는 것보다 훨씬 힘든 길이다.

성공하려면 용기를 내야 한다. 용기가 없으면 아무것도 소용이 없다.

인내심 없이는 어떤 지침이나 도구로도 앞으로 마주할 거절과 비판, 고통을 참아 내게 해 주지 못한다. 당신은 퇴짜를 맞을 것이다. 아무리 대단한 글을 쓰더라도 사람들은 당신에게 동의하지 않을 수 있다. 심지어 공격하거나 욕을 할지도 모른다.

아무도 이런 이야기를 하지 않는다. 예상보다 더 많은 시간과 에너지가 필요하다는 이야기도 꺼내지 않는다. 당신이 실제로 무언가를 써 내기 전까지는 당신을 작가로 여기지 않기 때문이다. 당신이 쓴 글은 사람들 앞에 내놓을 만큼 중요한 작품이 아니라고 생각하는 것이다. 당신이 그 글을 사랑하지 않으면 이미 실패한 것이나 마찬가지다.

나에게 이런 이야기를 해 준 사람은 없었다. 설혹 있었다 할지라도 나는 그 말의 뜻을 이해하지 못했을 것이다.

잔인하게 들릴지 모르겠지만, 이것이 진실이다. 글쓰기를 그만둘 수 없다면 글을 쓰는 게 좋다. 글쓰기를 사랑하는 게 좋다(그렇지 않으면 지금이라도 당장 그만둬야 한다).

세상은 당신이 알고 있는 것보다 당신을 훨씬 필요로 한다. 독자들은 당신의 글을 기다리고 있다. 당신이 알든 모르든 독자들은 당신의 작품이 필요하다.

글 쓰는 여정에 함께하겠는가? 그렇다면 당신은 이미 작가이고 글쓰기를 시작했다는 걸 믿어야 한다. 시련이 찾아와도 글쓰기를 계속해야 한다.

이제 당신은 현실을 받아들이는 데 익숙해지고 내가 가진 모든 용기를 끌어올려야 한다.

여기 작가로 성공하기 위해 필요한 두 가지 노선이 있다.

첫 번째 노선 : 고통

"글 쓰는 일은 별 거 없다.
그냥 타자기 앞에 앉아서
피를 흘리면 된다."
-어니스트 헤밍웨이

"글쓰기는 지옥이다." 이 말은 거짓이다.

물론 글쓰기는 만만찮은 작업이다. 제대로 해내려면 내 모든 걸 바쳐야 한다. 내 생명을 다한다는 각오를 해야 한다. 선택의 여지가 없다.

술고래 헤밍웨이(Hemingway)와 은둔자 디킨슨(Dickinson) 같은 작가들의 글을 읽고 그들의 삶을 동경하는 사람들은 술고래와 은둔자가 자신들이 가야 할 길이라고 생각한다.

작가로 성공하려면 상당한 양의 출혈을 감수해야 한다

니, 참으로 달콤하고 살벌한 길이다. 그래서 자살하거나 약물 중독에 빠지는 예술가들이 많다.

이런 착각 속에 빠져 사는 작가가 꽤 많다. 그들은 헤밍웨이의 뒤를 좇으며 고통스러운 삶을 살아간다. 자신의 작품을 정복하는 대신 스스로 작품에 매여 시달린다. 그들 중에는 결혼 생활을 망치면서까지 걸작을 만들어 낸다. 그런데 인생은 황폐해져 있는 경우가 많다.

하지만 당신도 나처럼 겁쟁이라면 너무 겁먹지 않아도 된다. 안심하라. 또 다른 길이 있다. 내 친구는 이런 말을 했다. "희생자가 되지 말고, 이겨내라!" 나는 이 말이 참 좋다.

고통 속에서 살아가지 않아도 된다. '일'을 하면 된다.

두 번째 노선 : 일

> "재능만으로는 작가가 될 수 없다.
> 책 뒤에는 사람이 있어야 한다."
> -랄프 왈도 에머슨

재능만으로는 성공할 수 없다는 것은 누구나 잘 아는 사실이다.

할리우드(Hollywood)는 세계 최정상의 배우들만 모이는 곳이 아니다. 평소 사람들과 관계를 잘 맺고 존경받는 배우들도 많다. 뮤직 로우(Music Row, 미국 테네시주의 내슈빌에 있는 미국 컨트리 음악의 본고장 – 옮긴이 주)에서는 세계적인 뮤지션들뿐만 아니라, 소위 '배경'이 든든한 사람들도 환영을 받는다.

그렇다고 15분 정도 잠깐 나왔다가 사라지는 재능 없는 리얼리티 쇼의 스타가 되고 싶은 사람은 없을 것이다. 재능과 기술도 중요하다. 하지만 그건 이미 정해져 있다.

작가로 성공하려면 스마트해져야 한다. 얼굴도 두꺼워야 한다. 가지고 있는 재능보다 더 많은 일을 해내야 한다. 마케터도 되어야 하고, 사업가, 판매원도 되어야 한다.

왜냐하면, 글쓰기는 '비즈니스'이기도 하기 때문이다.

책을 출간하고 싶다면 플랫폼이나 마케팅도 염두에 두어야 한다. 작가가 되고 싶다면 당신이 가진 능력을 모두 쏟아 부어야 한다. 작가가 꿈이라면 망설일 이유가 없다.

당신의 작품이 바라던 대로 영향력을 갖게 하려면 작품의 유통 과정을 배우는 게 좋다. 그래야 기존 체제의 일부가 되지 않고 새로운 인생을 시작할 수 있다.

10년 전에 나에게 이런 이야기를 해 주는 사람이 있었다면, 나는 아마 더 많은 일을 하고 더 일찍 성공했을 것이다.

작가가 되려면 무조건 글을 쓰기 시작하면 된다는 사실을 일찍부터 알았다면, 인맥을 형성하고 의미 있는 인간관계를 맺는 방법을 미리 알았다면 얼마나 좋았을까? 그 일들은 생각보다 쉬운 일이었다. 추잡하지도 않았다.

인터넷과 블로그 활동을 좀 더 빨리 시작했다면 얼마나 좋았을까?

이 모든 걸 대학생 때 했다면, 내 이름으로 된 책이 수십 권은 나왔을 것이다. 정말이다.

하지만 그때는 아무 일도 하지 않은 채 무작정 출판사에서 연락이 오기만을 기다렸다. 당신도 그렇다면 이제는 기다리지 말고 '일'을 시작하라.

작가가 배워야 할 가장 중요한 교훈은

수년 동안 글을 쓰고 온라인과 오프라인으로 글을 게재하면서, 무시당하고 거절당해서 상처 입고 실망한 적도 있다. 하지만 몇 달 만에 무시와 거절이 모두 사라졌다.

평생 글을 써 왔지만, 단 몇 달 만에 글쓰기 경력을 쌓는 데 가장 중요한 교훈을 얻었다.

책을 출간할 수 있는 비결과 요령, 애정을 갖고 글 쓰는 일에만 집중하는 방법, 애원하거나 굽실대지 않고 책을 출간하는 방법, 게이트키퍼들(gatekeepers)이 나를 찾아오게 만드는 방법을 지금부터 이야기하겠다.

이제는 출판사 문을 두드리거나 선택받기 위해 애걸복걸하지 않는다. 대신, 내가 나 자신을 선택하는 법을 배웠다.

남에게 선택받으려고 애쓰는 대신, 당신이 당신 자신을 선택할 수 있다. 이것이 모든 것을 바꾸어 놓는다. 선택받길 기다리며 글쓰기 경력을 쌓는 어리석은 방식과, 주목받을 만한 플랫폼을 구축하는 스마트한 방식 중에서 후자를 선택하길 바란다. 반향을 불러일으킬 브랜드를 창조하라. 성공에 도움이 될 실속 있는 관계를 만들라.

모든 작가가 꿈꾸는 삶을 위해서 잡담은 멈추고 진짜 글을 쓸 준비가 되었다면, 이제 사람들과 함께해야 한다.

커뮤니티를 만들라

내가 처음 글을 쓰고 작품을 공유한 곳은 블로그였다. 블로그는 매일 얼마나 많은 사람이 내 글을 읽는지 알게 해 준다. 그래서 조회 수에 신경 쓰느라 글 쓰는 과정보다 결과에만 집착하기도 했다.

그때 나는 사람이 아니라 숫자를 쫓아다녔다. 소통하는 사람이 아니라 여론조사 하는 사람이 된 기분이었다. 결과는 당연히 실패였다. 매일 수백 명이 블로그에 방문했지만, 친구나 팬은 없었다. 내가 쓴 글에 관심을 보이는 사람은 없었다.

그러나 모든 집착을 버리고 글쓰기의 열정을 회복하자 믿기지 않는 일이 벌어졌다. 사람들이 내 글에 관심을 보이기 시작했다.

대중에게 인정받는 것에 연연하지 않을 때 흥미로운 일이 일어난다. 사람들을 진정으로 대하고 진심에서 우러나오는 글을 쓴다면, 당신의 열정이 전염되어 사람들은 당신의 작품에 깊이 매료될 것이다.

하지만 혼자서는 그렇게 할 수 없다. 누군가의 도움이 필요하다. 커뮤니티가 필요하다. 그 커뮤니티는 당신의 작품을 진정으로 믿어 주는 한 사람, 바로 '당신'과 시작할 수 있다.

　이제 어려운 부분만 남았다. 당신이 적용할(또는 하지 않을) 부분이다. 커뮤니티를 만들고 플랫폼을 구축하는 것 말이다.

글을 쓰기 위해 날마다 넘어야 할 산이 많다. 우리는 계속해서 싸워야 한다. 날마다 다른 가면을 쓰고 나타나는 두려움에 맞서서 계속 가야 한다. 짐작하는 것보다 훨씬 힘든 길이다.

Part 02

읽게
하기

모든 작가에게 필요한 세 가지 도구

작가라면 누구나 자신의 메시지가 세상에 알려지길 바란다. 알려지고 포용되고 인정받고 싶은 것은 보편적인 인간의 욕망이다. 우리는 모두 소속감을 느끼고 싶어 한다. 독자나 청중과 내 작품을 공유하고 싶고, 내 아이디어가 세상에 퍼져 나가는 걸 보고 싶어 한다.

그런데 한 가지 문제가 있다. 세상에는 잡음이 너무 많다. 사방에서 끝없이 울려 퍼지는 광고와 미디어의 유혹에 압도된다. 적어도 나는 그랬다. 그래서 이런 궁금증이 생겼다.

- 시간을 어떻게 보내야 할까?
- 실제로 사람들에게 알릴 가치가 있는 것은 무엇일까?
- 세상에 더는 들을 가치가 없는 메시지가 있을까?

우리가 사는 이 세상은 목소리가 큰 사람들이 주목받는, 너무나도 시끄럽고 어수선한 곳이다. 하지만 그런 사람들의 목소리는 그다지 주목할 가치가 없다.

이런 불행한 현실 속에서 살기 때문에 우리가 당신의 작품을 놓치는 것인지도 모른다. 당신의 작품이 좋지 않아서가 아니다. 그 작품을 알아보지 못해서다. 작가가 되려면 재능이나 행운 이상의 것이 필요하다. 손가락 하나 까딱하지 않고 독자들의 관심을 받길 바란다면 꽤 오랜 시간 기다려야 한다.

하지만 그래서는 안 된다. 수동적인 태도에서 벗어나야 한다. 성공한 작가들은 세 가지 중요한 도구를 활용하고 있다.

1. 작품을 공유할 '플랫폼'
2. 독자에게 신뢰를 주는 '브랜드'
3. 작품을 퍼뜨릴 '채널'

이와 같은 도구가 없다면 나아갈 수 있는 영역이 제한되고 글쓰기는 한계에 부딪힌다.

첫 번째 도구부터 살펴보자.

작가가 되려면 재능이나 행운 이상의 것이 필요하다. 손가락 하나 까딱하지 않고 독자들의 관심을 받길 바란다면 꽤 오랜 시간 기다려야 한다.

플랫폼이 필요하다

06

150년 전, 영국의 런던 시민들은 매주 일요일이면 하이드 파크(Hyde Park)에 있는 '스피커스 코너'(Speakers' Corner)라는 자유 발언대로 모여들었다. 거기서 시민들은 종교나 정치 이슈뿐 아니라 온갖 주제에 관한 생각을 공유했다. 연설가는 사람들의 눈에 띄기 위해 나무로 만든 비누 상자를 가져다 놓고 그 위에 올라섰다.

스피커스 코너의 연설가에게는 '플랫폼'이 있었다. 플랫폼은 일종의 무대로, 사람들의 메시지를 전하는 장소다. 플랫폼이 없으면 연설가의 목소리는 군중의 목소리 중 하나에 불과하다. 이제, 인터넷이 우리의 하이드 파크가 되었다. 첫 번째로 필요한 도구는 내가 올라설 적절한 플랫폼이다.

플랫폼 이야기를 듣고 당신의 동공이 흔들릴지도 모르

겠다. 요즘에는 누구나 플랫폼 이야기를 하는 것 같다. 작가나 예술가, 기업가 모두 마찬가지다. 플랫폼이란 것이 거슬리고 자기 홍보나 자아도취에 미쳐 있는 것처럼 보일 수도 있다. 어떤 사람들은 플랫폼을 유명해지고 싶은 강박관념이 낳은 열망이라고 일축한다. 물론 우리 문화에는 그런 경향이 있다. 하지만 내가 이야기하는 플랫폼은 그런 것이 아니다.

세상에서 무언가를 하려면 영향력이 필요하다. 권위와 인정도 필요하다. 부모나 교사, 건설 현장 감독도 사람들을 이끌기 위한 권위가 필요하다. 그런데 작가는 그 권위를 자기 스스로 세우고, 자기 힘으로 독자들에게 인정을 받아야 한다.

플랫폼은 근거지가 되어 새로운 사람들과 만날 수 있는 공간이 되고 사람들의 신뢰를 얻고 인정을 받는 장소가 된다. 당신의 플랫폼은 당신의 홈베이스다. 충실한 독자들이 매주 당신을 볼 수 있는 곳이기도 하다.

메시지를 전하고 독자들의 관심을 얻으려면 플랫폼의 기능을 이해해야 한다. 작가라면 플랫폼을 구축하거나, 군중 속에 파묻혀 계속 소리치는 두 가지 방법 중 반드시 하나를 선택해야 한다.

예를 하나 들어 보겠다. 매일 집 앞에 신문이 하나씩 놓인다. 하지만 이 신문은 내가 신청한 것이 아니다. 나는 그 신문을 읽지도 않는다. 그 자리에 놓인 신문은 비가 오면 비를 맞고, 지나가는 사람들의 발에 밝히다 축축하게 젖은 채로 썩어 버린다. 나는 일요일 밤에 신문을 모아서 내다 버리고 쓰레기통으로 들어간 신문 여섯 부는 곧장 쓰레기 매립지로 향한다.

이것이 바로 군중 속에서 목 아프게 소리치는 것이다. 기자나 편집자, 인쇄공, 배달원은 그 신문을 만들고 전달하기 위해 많은 일을 한다. 하지만 알게 뭔가. 나는 그 신문을 보내 달라고 한 적이 없다. 물론 읽고 싶은 생각도 없다.

그들은 소리치고 있지만, 나는 듣고 있지 않다.

전달할 만한 가치가 있는 메시지가 당신에게 있다면, 당신은 그것을 다른 사람들에게 들려주고 싶을 것이다. 당신의 플랫폼은 오로지 '당신'만 만들 수 있다. 다른 사람의 플랫폼을 빌리거나 훔칠 수 없다. 강제로 사람들의 관심을 뺏을 수도 없다. 그들에게 관심을 얻어야 한다. 그 관심이 바로 사람들이 당신에게 주는 '인정'(認定)이다.

이제 어떻게 할지 선택해야 한다. 플랫폼, 즉 당신만의 세상을 만들 것인가, 아니면 계속 다른 사람들이 만들어 놓은 기준에 따라 살 것인가? 다시 말해, 군중 속에 파묻혀 살 것인가?

어디서부터 시작해야 할지 모르고, 아직 준비가 되어 있지 않을 수도 있다.

괜찮다. 나도 그랬다.

준비가 됐든 안 됐든 상관없다

글쓰기 블로그인 'goinswriter.com'을 시작했을 때 내가 왠지 바보가 된 느낌이었다. 그때까지 책을 출간해 본 적도 없고, 몇 년 동안 잡지에 글 몇 편 게재한 게 고작이었다. 온라인에서 글도 많이 쓰고 블로그도 운영했지만, 그게 전부였다.

회의감이 들기 시작하자, 그때부터 각 분야의 전문가로 알려진 블로거들을 주목했다. 알고 보니 그들도 시작부터 전문가였던 건 아니었다. 하지만 그들은 시작할 때부터 끊임없이 질문을 던지고 답을 찾기 위해 여기저기 찔러 보고 이 사람 저 사람에게 캐물었다. 그들은 자신이 던진 질문과 자신이 찾아낸 답을 사람들과 공유했다. 독자들과 함께 모험을 떠난 거였다.

그때 나는 '준비'가 필요 없음을 깨달았다. 지금 머리를 싸매고 고민 중이라면, 준비가 덜 되었다고 걱정하고 있다면, 더는 고민도 하지 말고 걱정도 하지 말라. 진짜 문제는 그것이 아니다.

문제는 '두려움'이다. 시작하는 것에 대한 두려움이다. 지속할 수 있을지, 잘 끝낼 수 있을지, 제대로 할 수 있을지 두렵다. 아직 해결된 것 같지 않아서, 자신이 미약하다고 느껴져서 두렵다.

그런데 사실 독자들도 잘 모른다. 독자들은 아주 많은 '아무개'와 연결되어 있다. 그 '아무개'는 정직한 사람이고, 독자들과 무모한 일을 즐기고 싶은 사람, 바로 당신이다.

당신은 거절과 어색함이 주는 두려움을 돌파할 의지가 있는가? 호기심을 갖고 끊임없이 질문할 생각이 있는가? 인내하며 배울 것인가? 보통 사람들보다 더 열심히 해서 전문가가 되고 싶은가?

그렇다면, 시작할 준비가 되었다. 플랫폼을 구축할 준비가 되었다.

명심하라. 플랫폼은 다름 아니라 '사람들'이다. 플랫폼 구축은 간단한 일이 아니다. 본연의 자신이 돼라. 그러면 다른 사람들(당신과 똑같은 사람들이다)이 당신과 함께할 것이다.

플랫폼의 예

이 시대의 플랫폼은 어떤 모습을 하고 있을까?

단 하나의 방식으로 정해져 있지는 않다. 메시지를 전하는 방식은 아주 다양해서 그중 나에게 적합한 방식을 선택하면 된다. 여기에 참고할 만한 몇 가지 유형이 있다.

- 유튜브 채널
- 팟캐스트
- 블로그
- 신문 칼럼
- TV 쇼
- 강연

방송인 오프라(Oprah)와 보노(Bono)에게는 플랫폼이 있다. 판타지 작가인 J. K. 롤링(J. K. Rowling)도 마찬가지다. 이들을 특별하게 만드는 건 메시지를 공유하는 '장소'가 아니라(물론, TV에 자신만의 프로그램이 있다면 다르다), 그들이 던지는 '메시지'다. 각자 독특한 세계관을 가지고 있고, 그 세계관을 공유하는 사람들의 커뮤니티가 있다.

사람들이 내 말에 귀 기울이길 원한다면, 먼저 내가 그에 합당한 사람이 되어야 한다. 그들이 내 말을 들어야 할 이유가 있어야 한다. 그러기 위해서는 나 자신이 누구인지 알아야 한다.

나는 지금까지 다섯 유형의 플랫폼을 찾아냈다. 플랫폼을 구축하기 전에 어떤 유형이 당신에게 적합한지 알아보길 바란다.

저널리스트형

'저널리스트형'의 사람은 질문을 던지기 위해 플랫폼을 구축한다. 이런 유형의 플랫폼에는 호기심이 필요하다.

방금 앞에서 소개한 블로거가 '저널리스트형'에 해당한다. 이 블로거는 블로그에서 질문을 던지고 대답을 공유하면서 여정을 시작했다.

물론 모든 블로거에게 적용되는 건 아니다. 요리에 관심은 많지만, 간신히 물을 끓일 수 있는 정도의 실력을 갖춘 사람이라면 적합하지 않을까? 무엇에 관심이 있든 호기심이 강한 사람이라면 자신만의 훌륭한 플랫폼을 구축할 수 있다.

선지자형

　'선지자형'은 진실을 전하기 위해 플랫폼을 만든다. 이 유형의 사람에게는 진실에 대한 열정이 필요하다. 이 유형에 해당하는 사람으로 내 친구인 제이미 라이트(Jamie Wright)가 떠오른다.

　제이미는 'The Very Worst Missionary'라는 블로그를 운영한다. 블로그에서 그는 주로 신앙과 인생, 그 밖에 여러 주제로 이야기를 나눈다. 제이미는 블로그에서 불만을 토로하기도 하고 욕을 퍼붓기도 하고 때로는 자기 허물을 고백하기도 한다. 제이미는 선교사들에 대해 할 수 있는 모든 것을 말한다. 그래서 사람들은 제이미를 좋아한다. 제이미의 독자에게 왜 그녀를 좋아하는지 물어보면 사람들은 이렇게 대답한다. "제이미는 솔직하잖아요." 그녀는 진실만 말한다. 때로 그 진실은 더럽고 추악하고 아름답다.

　세스 고딘(Seth Godin)도 좋은 예다. 세스는 비즈니스 세계에서 인습 타파주의자로 알려져 있다. 그는 마케팅이든 교육이든 자선 사업이든 현재의 상태를 타파해야 한다고 주장한다. 우리에게 더 나은 것을 도전한다.

　선지자들이 늘 인기가 있는 것은 아니다. 그들은 가끔 종잡을 수 없을 때가 있고, 누군가의 마음을 상하게 하기도 한다. 하지만 이것이 바람직한 선지자의 모습이기도 하다. 그들은 악의 세력을 규탄할 뿐 아니라 우리를 빛으로 인도한다. 그러면서 자신의 세계관을 공유할 충성스러운 커뮤니티를 구축한다.

진실을 전하지 않고는 못 배기는 사람이라면, '선지자'로서 커뮤니티를 구성해 보길 바란다.

예술가형

'예술가형'은 예술 작품을 창작하면서 플랫폼을 구축한다. 여기서 예술 작품은 음악이나 그림일 수도 있고, 음식이나 시일 수도 있다. 이들에게는 미적 감각이 요구된다.

내가 좋아하는 아티스트 중에 존 포어맨(Jon Foreman)이란 사람이 있다. 밴드 스위치풋(Switchfoot)의 리드 싱어다. 존은 가사와 멜로디로 메시지를 전하는 강렬한 예술 활동을 통해 팬들을 일깨운다. 노래가 끝나면 팬들의 가슴 속에는 오래도록 질문이 남는다.

예술가들은 머리가 아니라 가슴에 대고 말한다. 예술 작품을 통해 또 다른 세계가 가능하다는 걸 보여 준다. 수백만 장의 앨범이 팔리고 전 세계에서 수차례 순회공연을 하고 "더 투나잇 쇼"(The Tonight Show, 유명 인사들이 출연하는 미국의 인기 토크쇼 – 옮긴이 주)에 출연한다고 해도, 존과 그의 밴드가 하는 일을 해내기 어려울 것이다.

평상시에 미적인 것에 관심이 많고 그것을 주위 사람들과 공유하고 싶다면, 당신은 '예술가형'에 속한다.

교수형

'교수형'의 사람은 사실과 정보를 바탕으로 원하는 결과를 얻을 때까지 광범위하게 조사하고 연구한다. 물론 배움에는 끝이 없지만, 이런 유형의 사람들은 남보다 더 많은 지식을 가지고 있다. 이런 유형에는 남다른 학구열과 다른 사람에게 자신이 아는 것을 설명하는 능력이 필요하다.

'교수형'의 플랫폼을 세운 아주 좋은 예가 짐 콜린스(Jim Collins)다. 그는 많은 사람에게 존경과 인기를 받는 강연자이자 작가다.《좋은 기업을 넘어 위대한 기업으로》(*Good to Great*, 김영사 역간),《성공하는 기업들의 8가지 습관》(*Built to Last*, 김영사 역간),《위대한 기업은 다 어디로 갔을까》(*How the Mighty Fall*, 김영사 역간) 등 그가 내는 베스트셀러는 모두 광범위한 조사와 사례 연구에 기반을 두고 있다. 이 책들의 내용은 가볍지 않다. 도표와 정보, 사례 연구로 가득하다.

'교수형'은 자료를 좋아한다. 이처럼 전문 지식으로 플랫폼을 만들려면 자료를 읽고 연구하고 분석하는 것을 좋아해야 한다(또는 그런 팀을 구성할 수 있어야 한다).

가르치는 일에 탁월하고 특정 분야의 전문가라면 '교수형'일 가능성이 높다.

유명 인사형

가장 특이한 (그리고 가장 눈에 띄는) 유형은 '유명 인사형'이다.

이 사람들은 이름이 널리 알려져 있다. 유명하니까 당연하다. 미디어 시대의 산물인 유명 인사들은 세상에 영향력을 행사하는 새로운 부류의 사람이다. 그들은 인기를 얻으려고 몸부림을 치고, 우리도 그들을 좋아한다. 물론 그중에는 태어날 때부터 외모가 뛰어나거나 특정 분야에 타고난 사람도 있다.

유명 인사들은 카리스마로 사람들을 휘어잡는다. 하지만 모든 사람이 유명 인사가 될 수는 없다.

이 유형에 적합한 예로 애쉬튼 커쳐(Ashton Kutcher)를 들 수 있다. 재능 있는 사업가이자 유명한 배우인 애쉬튼은 팬들과 소비자들에게 매력을 느끼게 한다. 카리스마와 에너지, 아이디어와 열정이 넘친다. 그래서 사람들은 그에게 귀를 기울인다.

소위 '마당발'들도 이 유형에 속한다. 사람들과 관계를 잘 맺기 때문에 영향력이 큰 그들은 이목을 끄는 사람이 아닐 수도 있지만, 보이지 않는 곳에서 사람들을 휘어잡는 힘이 있다.

인간관계가 넓고 사람들과 쉽게 가까워지는 사람이라면, 사람들을 연결하고 커뮤니티를 만드는 것을 좋아한다면, '유명 인사형' 플랫폼을 만들어 보는 건 어떨까?

어떤 유형이 당신에게 맞는가?

다섯 유형이 지금까지 관찰해 온 주요 플랫폼 유형이다. 물론 다른 유형도 있다. 하지만 이 다섯 유형으로도 충분히 기회를 얻을 수 있다. 세상에 알리고 싶은 메시지가 있다면, 내 목소리는 어떤 종류에 속하고 어떤 유형의 플랫폼을 구축해야 하는지 찾아야 한다.

플랫폼의 유형을 다시 한번 정리하면 다음과 같다.

- 호기심이 많은 사람이라면, '저널리스트형' 플랫폼이 안성맞춤이다.
- 진실을 말하지 않고는 못 배기는 사람이라면, '선지자형' 플랫폼이 적격이다.
- 평상시에 미적인 것에 관심이 많고 그것을 사람들과 공유하고 싶다면, '예술가형' 플랫폼이 좋다.
- 가르치는 일에 탁월하고 특정 분야의 전문가라면 '교수형' 플랫폼을 구축해 보라.
- 발이 넓고 사람들과 쉽게 가까워지며 커뮤니티를 만드는 것을 좋아한다면, 유명 인사형 플랫폼을 잘 만들 것이다.

어떤 유형을 선택하든 상관없다. 두세 유형을 섞어도 괜찮다. 하지만 그 이상은 추천하지 않는다.

본연의 '나'를 찾으라. 독자들은 가장 나다운 나를 좋아하고 신뢰한다.

플랫폼을 구축하는 방법

　내가 누군지 알았다면, 내가 필요한 사람들을 찾아야 한다. 예전에는 내가 필요한 사람들을 찾는 일을 대부분 운에 맡겼다. 뮤지션들은 밑 빠진 독에 물 붓듯 쉴 새 없이 활동해야 간신히 큰 무대에 설 수 있었다. 시나리오 작가들은 할리우드로 가서 수년 동안 인고의 노력을 해야 극장에 영화 한 편을 올릴 수 있었다.

　하지만 세상은 변해서 이제는 기다리지 않아도 된다. 물론 역경과 고난은 여전하다. 하지만 운에 맡길 필요는 없다. 기다리는 대신 자신의 운을 스스로 만들 수 있다.

　플랫폼을 만들 때도 많은 선택을 할 수 있다. 즉 기회가 많다는 뜻이다. 간단히 살펴보자.

　어떤 플랫폼이든 다음 세 단계를 거쳐 만들어진다.

　　1. 경험 쌓기
　　2. 실력 발휘하기
　　3. 소문 일으키기

　플랫폼을 성공적으로 만들려면 이 세 단계를 꼭 알아야 한다. 하나씩 살펴보자.

첫째, 경험이 필요하다. 일종의 수습 기간으로, 작업에 능숙해지기 위해 시간을 들여 투자하는 것이다.

둘째, 실력을 발휘해야 한다. 앞에서 말한 '공개적으로 연습하기' 단계로, 내가 가진 것을 내보이는 것이다. 뮤지션들에게는 라이브 무대가, 작가들에게는 블로그 활동, 즉 쓰고, 공유하고, 듣고, 다시 쓰는 활동이, 예술가들에게는 사람들 앞에 작품을 전시하는 것이 이에 해당한다. 내가 가지고 있는 것을 세상에 보여야 한다. 나에게 기회를 주는 사람들을 찾아야 한다.

셋째, 소문을 일으켜야 한다. 무슨 말인지 좀 의아할 수도 있겠지만, 사람들이 나에 대해 수군수군하게 만들어야 한다. 경험도 쌓고 실력도 발휘했는데, 남들이 알아봐 주지 않으면 소용이 없다.

글쓰기와 사랑에 빠졌고, (대부분 작가처럼) 이제는 누군가의 삶에 영향을 미치고 싶다면 그것만으로 충분하지 않다. 소문이 필요하다. 소문을 일으킨다는 건(사람들이 나에 관해 이야기하게 만든다는 건) 단순히 팬을 확보하는 것, 그 이상을 의미한다. 나를 위해 나의 메시지를 퍼뜨려 줄 사람들, 후원자, 지지자들이 필요하다는 말이다. 그들이 바로 '트라이브(tribe)'다.

지금쯤 '그래, 다 좋은데 아직도 어디서 시작해야 할지 모르겠어' 하고 생각하고 있지는 않은가? 부담되고 막막한 생각이 들고, 뜬구름 잡는 이야기 같을 수도 있다.

무엇부터 시작해야 할까? 온갖 잡음과 훼방꾼과 광고로 넘쳐나는 세상에서 플랫폼을 구축하고 영향력을 얻는 가장 좋은 방법은 무엇일까?

간단하다. 사람들을 도우면 된다.

스스로 다른 사람들의 '자원'이 되어 모든 걸 베풀고 자신을 내던지라. 나밖에 모르고 내 것만 챙기는 세상에서 완전히 정신 나간 짓처럼 보이는 일이다. 그런데 그렇기 때문에 효과가 있다.

내가 아량을 베풀면 사람들은 경계를 풀고 나를 신뢰하고 내 말을 듣는다. 어느새 나에게 사로잡히게 된다.

사람들을 도우면 '신뢰'가 쌓이고, 그 신뢰는 '인정'이 되어 돌아온다. 인정은 당신의 작품을 공유할 '기회'를 제공한다.

세상에서 무언가를 하려면 영향력이 필요하다. 권위와 인정도 필요하다. 부모나 교사, 건설 현장 감독도 사람들을 이끌기 위한 권위가 필요하다. 그런데 작가는 그 권위를 자기 스스로 세우고, 자기 힘으로 독자들에게 인정을 받아야 한다.

당신의 브랜드는 당신이다

07

한때 잡지에 글을 게재한 적이 있다. 그때는 글을 한 편 보낼 때마다 내가 누구인지 자기소개를 해야 했다. 글을 보낼 때마다 말이다. 내가 초라하게 느껴지고 자괴감도 들었다. 그때 나에게는 플랫폼이 없었다. 언제든 사람들에게 쉽게 잊힐 수 있는 상황이었다.

작가로서 추진력을 얻으려면, 동료와 팬과 후원자로 이루어진 커뮤니티를 만들려면, 사람들의 마음속에 강한 인상을 남겨야 한다. 아주 뚜렷한 나만의 것이 있어야 한다. 그렇지 않으면 당신은 사람들의 목소리에 묻혀 사라진다. 존재하지 않는 것이다.

그래서 '브랜드'가 필요하다.

나는 수년간 이 사실을 무시했다. 강력한 브랜드를 가진 작가들과 어울리면서 나도 영향을 받아 좀 뜨지 않을까 내심 기대했지만 착각이었다. 그런 일은 절대 일어나지 않는다. 오로지 나만이 나의 플랫폼을 가질 수 있다. 오로지 나만이 나의 브랜드를 관리할 수 있다.

나는 직접 험난한 과정을 통해 이 진리를 깨우쳤다.

작가들은 브랜드가 필요 없다고 믿는데, 크나큰 오해다. 잘못된 믿음이자 흔히 저지르는 오류이며 터무니없는 이 실수를 나도 저질렀다. 모든 사람은 이미 저마다 브랜드를 가지고 있다. 어떤 방식으로든 당신은 독자들에게 어떤 인상을 주고 있다. 그러니까 좋든 싫든 브랜드는 자연 발생적으로 만들어진다. 의도적으로 특정 브랜드를 선택하든지, 아니면 그냥 아무 브랜드나 생기게 내버려 두든지 선택해야 한다.

다행히 당신에게는 선택권이 있다. 날마다 사람들을 이어 주는 인터넷이나 기타 수많은 방법을 통해 자신만의 브랜드를 만들 수 있다. 당장은 완벽하지 않아도 적극적으로 행동에 옮기면 당신에 대한 인식에 충분히 영향을 끼칠 수 있다.

이제는 다른 방법이 없다. 독자들에게 사실이 아닌 것을 믿게 만드는 마케팅 전략은 통하지 않는다. 그랬다가는 거짓이 만천하에 드러나 사기꾼으로 낙인찍히고 만다. 그러니 엉뚱한 데 시간 낭비하지 말자.

반면 브랜딩 작업을 제대로 해 놓으면 독자들은 당신이 누구이고 당신에게 무엇을 기대할 수 있는지에 대한 정보를 제공받게 된다. 브랜드를 약속이라고 생각하라. 당신이 글을 쓰고 작품을 내놓는 모든 것이 약속이다. 책을 출간하고 메일에 답장을 보내고 팬들과 만나는 것도 약속이다.

브랜딩 작업을 약속에 비유하는 게 이상하다고 느껴질 수도 있다. 그렇다면 브랜드는 정확히 무엇을 가리킬까?

브랜드의 의미는 사람에 따라 달라진다. 누군가에게는 로고일 수 있고 또 누군가에게는 명성이나 제품에 대한 신뢰일 수도 있다. 애플(Apple)이나 코카콜라(Coca-Cola)의 이미지를 떠올려 보면 쉽게 알 수 있다.

브랜딩 작업까지 해야 한다고 생각하니 고개가 절레절레 흔들어지는가? 그렇지만 내가 말하는 '브랜드'는 꽤 간단하다.

브랜드는 '당신'이다. 브랜드는 '가장 진실한 당신'이다. 사람들은 바로 그런 당신을 기억한다.

자신을 기억할 만한 사람으로 만들라

브랜드는 어떻게 만들까? 어떻게 해야 지금까지 이야기

한 모든 요소를 담아 신뢰할 만한 평판을 만들 수 있을까?

먼저, 나를 잊지 않게 만들어야 한다. 세스 고딘의 말대로, '주목할 만한'(remarkable) 사람이 되어야 주목을 받는다. 마케팅 기계가 되라는 말이 아니다. 사람들이 나를 '잊지 않게' 만들라는 것이다. 기억할 만한 사람이 되어야 잡음이 가득한 곳에서 당신의 목소리가 뚜렷하게 들린다. 이런 일은 곧바로 일어나지 않기에 꾸준한 작업이 필요하다.

브랜드는 정체성이 드러나는 하나의 상징이며 나를 반영하는 하나의 이미지다. 그러나 브랜드 자체가 나의 인격은 아니다. 의식적으로 선택한 나의 이미지로, 내가 활동하기 위해 걸치고 있는 의도적인 정체성이다.

오해하지 말라. 마음대로 브랜드를 만들어 내거나, 세상에 보여주고 싶은 부분만 드러낼 수 있다는 말이 아니다. 당신의 중요한 부분이 독자들 앞에 드러난다는 뜻이다. 거짓된 방식이 아니라 독자들에게 유용하고 지속적이며 이해할 수 있는 방식으로 말이다.

예컨대 나는 과카몰리(Guacamole, 으깬 아보카도에 토마토, 양파, 고추 등을 섞어 만든 멕시코 요리 – 옮긴이 주)를 좋아하지만, 그것이 나의 브랜드를 만드는 데는 필요하지 않다. 브랜드는 나의 일부일 뿐이지 전체가 될 수는 없다. 불가능한 일이다.

나의 브랜드는 내 글에서 모든 중요한 부분의 총합이다. '교수형' 플랫폼을 선택했다면 나의 브랜드는 그 분야의 경험을 강조할 것이다. 연구하고 분석하려는 나의 열정이 반영될 수도 있다. 나에게 영향을 미친 가족이나 신앙이 브랜드에 반영될 수도 있다.

'예술가형'이나 '유명 인사형'이라면 나의 브랜드는 나의 개성을 강조할 것이다. 브랜드가 나의 미적 감각이나 즐거운 분위기를 떠올리게 할 것이다. 그러나 내가 힘들게 다녔던 하버드 대학의 MBA를 강조하지는 않을 것이다.

브랜드에 많은 것을 욱여넣지 않는 게 중요하다. 나의 개성이나 특징 중에 강조할 부분만 선택해야 한다(그리고 왜 그것을 선택했는지도 알아야 한다). 아보카도를 좋아하는 나의 취향은 브랜드를 만드는 데 필요하지 않지만, 열정이 내 삶의 중심이어야 한다는 믿음은 브랜드에 필요한 요소다.

모든 브랜드에는 세 요소가 있다. 브랜드를 만들 때는 이 요소를 신경 써야 한다.

- 이름: 나의 실명이나 브랜드 이름, 또는 필명
- 이미지: 로고나 나의 얼굴, 또는 일종의 맞춤 의상
- 목소리: 의사소통하는 스타일과 분위기. 이것으로 사람들은 내가 어떤 사람인지 알게 된다.

세 요소를 자세히 살펴보자.

브랜드 이름을 정하라

단순하게 나의 실명을 브랜드 이름으로 쓰는 것도 나쁘지 않다. 그런 경우는 꽤 많다.

하지만 누군가에게는 좀 더 창조적인 이름이 적합할 수도 있다. 동명이인이 이미 실명을 쓰고 있을 수도 있고, 신예 그라피티(벽이나 화면에 스프레이 페인트를 분무기로 내뿜는 방법으로 그린 낙서 같은 그림이나 문자를 말한다. – 편집자 주) 아티스트라면 경찰에 체포되는 게 싫을 수도 있겠다.

이런 경우라면 마크 트웨인(Mark Twain)이나 조지 엘리엇(George Eliot)처럼 필명을 써도 좋다. 블로거들에게는 브랜드 이름이 프로블로거(Problogger)나 톨 스키니 키위(Tall Skinny Kiwi)처럼 일종의 '호출 부호'(call sign)가 될 수도 있다. 마돈나(Madonna)나 에이비(Avi), 뱅크시(Banksy)처럼 상징적인 것이 될 수도 있다.

무엇이든 뇌리에 남을 만한 이름으로, 브랜드의 이미지와 일관성을 유지할 수 있어야 한다.

이름을 선택할 때는 신중하게 장단점을 저울질해야 한다. 당신의 브랜드는 당신이 쓰는 글의 목적에 부합해야 한다. 그렇지 않다면 과감하게 버려라. 너무 성급하게 생각하지 말라. 종이에 이름이 찍혀 나가면 바꾸기도 어려울뿐더러 바꾸면 혼란만 초래한다. 너무 가볍게 생각하지도 말고, 그렇다고 너무 많은 생각에 사로잡히지도 말라.

브랜드 이름을 중요하게 생각하자.

브랜드를 디자인하라

브랜드 디자인은 의도성이 필요하다. 아이콘이나 로고타이프도 브랜드 디자인이 될 수 있다. 색깔이나 내 사진도 디자인이 될 수 있고, 요소들을 창조적으로 조합할 수도 있다.

브랜드 디자인은, 브랜드가 나를 대변하는 것이지 나 자체가 아니라는 사실을 보여주는 좋은 실례다.

누구나 잠에서 깨자마자 찍은 부은 얼굴 사진을 대문 사진으로 내걸고 싶지는 않을 것이다. 마찬가지로 전혀 나처럼 보이지 않는 사진도 원하지 않을 것이다. 나의 이미지는 나를 대변해야 한다. 사람들이 나를 알아보는 게 가장 중요하다.

예술가가 아니더라도 신경 써야 하는 부분이어서 다른 사람에게 맡기거나 미룰 수 없다.

브랜드를 디자인할 때 다음의 사항을 기억하면 도움이 된다.

- 눈에 확 들어오고, 시선을 끌어야 하며, 재미도 있어야 한다.
- 전문 사진사나 디자이너의 도움을 받아라. 내가 할 수 없는 일은 외부에 요청하는 게 좋다. 다만, 작업 과정에서 요구 사항을 확실히 말해 줘야 한다.
- 누구든지 로고나 사진만 봐도 나와 내가 하는 일을 알 수 있어야 한다.
- 브랜딩 과정에서 동료나 팬, 후원자들의 피드백을 받아라.

목소리를 찾아라

목소리 찾기는 작가라면 수행해야 할 가장 힘들고 중요한 작업이다. 어떤 작가들은 수년이 걸렸다고도 하고, 어떤 작가들은 많은 양의 글을 쓰는 것만큼 힘들었다고도 한다.

이것은 누구에게도 떠넘길 수 없는 과제다. 하룻밤 사이에 천지가 개벽하거나 하늘에서 갑자기 계시가 내려오는 일은 절대 없다. 단순히 어떻게 말하고 행동하는지에 관한 방법론이 아닌, 지극히 힘든 노동의 산물이다.

작가의 목소리는 열정과 개성, 그리고 독자들이 함께 만들어 내는 작가와 독자의 공동 작업이다. 그래야 의미도 있고 시장성도 있다.

혼자서 아무리 애를 써도 나의 목소리를 찾을 수 없다.

목소리를 찾기 위해 자신에게 물어보면 좋을 몇 가지 질문이 있다.

- 당신 자신을 몇 개의 형용사로 묘사해 보라. 어떤 단어가 떠오르는가? 그리고 다른 사람들은 당신을 어떻게 묘사하는가?
- 당신의 관심사에 주목해 보라. 좋아하는 책이나 영화, 음악 등 뭐든지 좋다. 여기서 공통점을 찾아보라.
- 이상적인 독자를 상상해 보라. 그 사람을 구체적으로 상상해서 (이름을 포함해서) 편지를 써 보라.

자신만의 글쓰기 스타일과 이상적인 독자를 알아냈다면, 목소리를 찾기 시작한 것이다. 시간이 좀 걸리더라도 걱정하지 말라. 너그럽게 실패를 용납하라.

마음의 여유가 필요하다.

나의 경우는

나는 대부분 과정을 실패와 실수를 거듭하며 배웠다. 그래서 나의 경험담과 조언을 통해 당신이 나보다는 빨리 브랜드를 만들 수 있는 데 도움이 되었으면 좋겠다. 나는 의도치 않게 브랜드를 찾게 되었다. 좀 시시해 보일지도 모르겠지만, 블로그에서 뜻밖의 브랜드를 찾아냈다.

이미 전체 이름에 '닷컴(.com)'을 붙인 인터넷 주소가 있었고, 그러다가 goinswriter.com으로 주소를 변경했다. 내 작품을 알릴 플랫폼을 구축하고 싶었기 때문이다. 아내와 찍은 가족사진을 사이트 대문에 내걸고 그 외에도 웹사이트, 트위터, 페이스북 등에 그 사진을 올렸다.

그 후에 사람들에게 다가가고, 관계를 맺고, 글을 쓰기 시작했다.

글을 쓸수록 내 목소리는 더욱 뚜렷해졌다. 주위를 둘러보았을 때 내 글이 다른 사람들에게 어떻게 퍼져 나가는지 알 수 있었다. 내가 깨닫기도 전에 나는 이미 다른 사람들을 끌어들이는 나만의 글쓰기 스타일, 즉 브랜드를 갖게 되었다.

어떤 친구가 이렇게 말했다. "제프, 이제 너의 목소리를 찾은 것 같아." 내가 알아차리기도 전에 말이다.

당신도 나처럼 주변에 일깨워 주는 사람이 필요할지 모르겠다. 어두운 구석에 앉아 있으면 아무것도 알 수 없다. 세상으로 나와 내가 쓴 글을 공유해야 한다. 그렇지 않으면 끊임없이 회의감에 빠지게 된다.

당신의 브랜드가 기다리고 있다. 얼른 찾길 바란다.

작가의 목소리는 열정과 개성, 그리고 독자들이 함께 만들어 내는 작가와 독자의 공동 작업이다. 그래야 의미도 있고 시장성도 있다.

소통의 채널을 만들라

　같은 잡지에 글을 보낼 때마다 반복해서 자기소개를 해야 했던 시절에 대한 이야기가 기억나는가? 매번 처음 나를 소개할 때처럼 굽실거려야 했다. 지금 생각해도 아찔하다.

　그 잡지사에서 오랜만에 연락이 왔다. 그런데 이번에는 대화 내용이 좀 달랐다.

　몇 년 전부터 나는 이 잡지사에 굽실거리지 않았다. 자괴감이 들고 솔직히 너무 지쳐서 작별 인사를 하고는 플랫폼을 만드는 데 집중했다. 더 넓은 독자층과 내 글을 공유하게 해 줄 플랫폼 말이다.

　한동안 그 잡지사를 잊고 지냈는데 믿기지 않는 일이 벌어졌다. 당신이 거들떠보지도 않던 사람을 갑자기 만나고 싶어진 것처럼 말이다.

　어느 날 그 잡지사에서 지금까지 내가 블로그에 올린 글을 잡지에 게재하고 싶다는 내용의 메일이 왔다. 참으로 놀라웠다.

어떻게 이런 엄청난 변화가 일어나게 되었을까? 수년 동안 나는 이 잡지사에 구걸했고, 열 번을 구걸하면 한 번 정도 글이 실렸다. 매번 나를 알리려고 애써야 했다. 하지만, 플랫폼을 구축한 뒤로는 잡지사에서 먼저 찾아와 내 글을 기고해 달라고 요청했다.

이제는 내가 '게이트키퍼'가 되었다.

이것이 우리가 사는 시대의 마법이다. 모두가 출판인 (publisher)이다. 우리가 굽실대야 했던 그 사람들은 이제 동료가 되었다.

블로그를 시작하고 독자층을 만든 뒤로는 출판 관계자들이 많이 찾아온다. 지난 6년 동안 만난 관계자들보다 더 많다. 출간 제안과 강연 요청이 들어오고 글을 쓸 기회도 많아졌다. 글을 써서 가족을 부양할 수 있게 되었다. 내가 만든 온라인 글쓰기 코스 회원들은 케냐에 '희망원'(opportunity center)을 짓기도 했다.

이 모든 것은 블로그에서 비롯되었다. 다른 사람들을 기다리지 않고 나를 선택했기 때문이다.

솔직히 대개 작가들은 자기 홍보를 좋아하지 않는다. 나도 그렇다. 하지만 다른 대안이 없다. 작가로 성공하고 싶다면 내가 가진 것을 사람들 앞에 내놓아야 한다. 편집자와 독자, 그리고 다른 작가들과 연결되어야 한다.

고독과 집중을 요구하는 작업을 선택한 작가는 다른 사람과 관계 맺기가 어려울 수 있다. 사실 혼자가 편하다. 의미 있는 관계의 중요성을 무시하는 많은 작가는 비극을 경험한다. 그리고 몹시 비싼 대가를 치른다.

플랫폼과 브랜드만큼 당신의 작품을 사람들과 연결해주는 좋은 통로도 없다. 이것이 모든 작가에게 필요한 세 번째 도구, 작품을 공유하고 독자와 소통할 수 있는 통로다. 통로가 여러 개면 더 좋다.

이것을 다른 말로 하면 '마케팅'이다. 하지만 그건 좀 광범위한 의미고 '인간관계'라고 하는 게 적절하다.

새로운 관계를 형성하라

어디서나 사람들은 모이고 있다. 그들은 자신들만의 관심사와 열정을 가지고 모여서 커뮤니티를 만든다. '틈새'(niche)라는 용어는 인기가 떨어진지 오래다. 온라인 기업가들도 막연히 그물을 넓게 던지기보다 초점을 좁혀서 성공을 거두고 있다.

온라인 기업가들은 사람들이 모이는 곳을 찾고 거기서 대화에 참여하기 위해 노력한다.

마찬가지로 당신도 독자가 있는 곳을 찾으려면 새로운 세계로 뛰어들어야 한다. 메시지를 전하고 싶다면, 기존에 구축된 채널을 이용하는 것도 좋은 방법이다.

여기 몇 가지 예가 있다.

- 페이스북
- 트위터
- 이메일
- 전화
- 콘퍼런스
- 모임들

두 사람이 연결되어 서로 유용한 정보와 유의미한 경험을 교환하면 하나의 관계가 만들어진다. 이 연결은 서로에게 의미가 있어야 하고, 상호적이어야 하며, 중요하게 여겨져야 한다.

관계가 맺어지기 위해서는 첫째, 서로에게 의미가 있어야 한다. 내가 공유하고자 하는 것에 상대방이 귀 기울이고 나도 상대방을 인정하고 관심을 가져야 한다.

둘째, 상호적이어야 한다. 양쪽 모두 함께해야 한다. 한쪽이 다른 쪽보다 더 이익을 볼 수는 있지만, 완전히 일방적이어서는 안 된다.

셋째, 중요하게 여겨져야 한다. 양쪽 모두 공유하는 내용에 관심을 보여야 할 뿐 아니라 결실도 있어야 한다. 이 관계에서 좋은 결과를 맺어야 하지 않겠는가.

이 세 가지는 메시지를 소통하기 위한 중요한 부분이다. 그런데 대개 작가들은 이 부분을 무시한다. 두렵기도 하고 게으르기 때문에 필수불가결한 이 요소들을 자꾸 피하고 미룬다. 반대로, 자신의 작품을 공유한다는 것에 너무 흥분한 나머지 막무가내로 밀어붙여 일을 그르치기도 한다.

어느 쪽이든, 그들은 왜 자기 말에 사람들이 관심을 보이지 않는지, 왜 자신이 무명작가여야 하는지 의아해한다.

오랜 기간 천천히 관계를 형성하는 일은 쉽지 않지만, 꼭 필요한 일이다. 힘이 들더라도 이 부분을 건너뛰어서는 안 된다. 당신의 작품을 알리려면 '관계 형성'은 필수다.

플랫폼을 구축하고 강력한 브랜드를 만들었다면, 이제는 과감히 뛰어들어야 한다. 채널을 이용해 관계를 형성해야 한다.

당신은 동료와 후원자들을 얻고 싶을 것이다. 그러나 그보다 더 많은 수의 손님과 방문자들이 필요하다.

독자와의 신뢰를 쌓아야 한다. 그래야 인정을 받을 수 있고 원하는 때마다 소통할 수 있다. 인정받는 것은 신뢰의 중요한 증거다. 인정을 받지 못하면 한때 반짝하는 작가가 될 수밖에 없다.

어떻게 사람들에게 인정을 받을 수 있을까?

독자의 인정을 받는 방법

"존중하는 마음으로 사람들을 대하는 것이
그들의 인정을 얻는 최고의 길이다."
-세스 고딘

당신이 어느 상점에 들어갔다고 가정해 보자. 몇 초 안에 점원이 다가와서 이렇게 물을 것이다. "뭐 좀 도와드릴까요?"

그러면 대개 "괜찮아요. 그냥 구경하는 중이에요" 하고 말한다.

이 말은 사실 대부분 거짓말이다. 당신은 무언가를 사려고 가게에 들어갔다. 다만 점원들을 믿지 못하기 때문에 당신을 도울 수 있는 사람을 쫓아낸 것이다.

마찬가지로 당신이 첫발을 떼기 시작할 때 독자들은 아직 당신을 믿지 못한다. 아직 관계가 형성되지 않았고 신뢰가 쌓이지 않았기 때문이다. 그들은 당신이 누구인지 모른다.

잔인하게 들릴지 모르겠지만, 아직은 아무도 당신에게 관심이 없다. 관심을 얻고 싶다면 이 사실을 알아야 한다. 무엇에 관심을 가질지 결정하는 사람은 당신이 아니라 '그들'이다.

여기서 '그들'은 미래의 팬들을 말한다. 그들의 신뢰를 얻으려면 어떻게 해야 할까? 당신은 그들의 경계심을 풀어주어야 한다.

마이클 하이엇(Michael Hyatt)은 전자책을 무료로 제공한 다음부터 몇 달 사이에 이메일 리스트가 3,000명에서 3만 명으로 늘어났다고 한다. 1년도 채 되지 않아 독자들의 신뢰도가 1,000%나 늘어난 셈이다. 사람들에게 도움을 주기로 마음먹자 이런 변화가 생겼다.

후한 인심이 효과를 본 것이다. 하이엇은 독자와 관계를 맺기 위한 바탕인 신뢰와 인정을 얻었다.

독자의 신뢰와 인정이 없으면, 당신은 세상에 잡음만 하나 더할 뿐이다. 이를 막는 최선의 방법은 사람들에게 지나치다 싶을 정도로 도움이 되는 것이다. 사람들이 예상치 못할 정도로 후해지면 된다. 그렇게 신뢰를 얻는다면, 인정도 얻게 되고, 미래의 독자들에게 다가갈 수도 있다.

사람들의 인정을 얻는 몇 가지 방법을 제시한다.

- 페이스북이나 트위터의 팔로워들을 블로그에 초대해 게시글을 읽게 하라.
- 블로그 구독자들에게 뉴스레터를 보내라.
- 다른 작가나 미래의 멘토에게 차 한 잔 나눌 시간을 요청해 보라.
- 관심에 대한 답례로 무료로 전자책과 같은 선물을 해 보라.

이외에도 방법은 무한하다. 물론 요청만 해서는 안 된다. 지혜를 발휘해서 그들과의 관계에 도움이 될 만한 것들을 해 주어라. 가장 중요한 질문은 "여기서 그들에게 도움이 될 만한 것이 무엇일까?" 하는 것이다. 그들이 주는 것보다 얻는 것이 더 많으면, 다시 말해 그들이 이 관계가 가치 있다고 느끼게 되면, 관계는 계속 발전해 나간다.

사람들을 지속적으로 만날 용기가 생겼을 때, 인정을 얻고 팬층을 만드는 가장 좋은 방법은 무엇일까? 의미 있는 관계를 형성하는 가장 좋은 방법은 무엇일까? 이 모든 것

읽게 하기

을 이루는 데 필요한 것은 무엇일까?

그것은 나만의 연결 통로, 즉 채널(channel)이다.

수년 동안 나는 채널의 중요성도 모르고 살았다. 게스트 포스팅을 하고 페이스북과 트위터에 팔로워들이 있는 것만으로 충분하다고 생각했다. 나만의 채널은 선택 사항에 불과했다. 그런데 아니다. 채널은 필수 사항이다.

나만의 채널은 플랫폼을 구축하고 네트워크를 확장하는 데 꼭 필요하다. 채널이 없으면 사람들의 관심을 누군가에게 빼앗긴다. 사람들의 관심을 얻는 유일한 방법은 나만의 채널을 통해 의미 있는 메시지를 공유하는 것이다.

나의 채널은 블로그에 사람들을 연결하는 이메일 목록이다. 댄 밀러(Dan Miller)의 채널은 팟캐스트고, 그레첸 루빈(Gretchen Rubin)의 채널은 폭넓은 인맥이다.

당신은 어떤 채널을 원하는가?

당신이 얻는 것은

플랫폼을 구축하고 브랜드를 만들고 채널을 확보했다면 무언가 변화가 일어나는 것을 목격하게 된다. 이 과정이 쉽다고 말하지는 않겠다. 실제로 쉽지 않은 일이다. 하지만 예전에는 불가능했던 일이 지금은 가능한 일이 되고 있다.

작가인 당신은 자신의 운명을 개척할 수 있게 되었다. 놀랍지 않은가?

앞으로 당신은 다음과 같은 기회들을 얻게 될 것이다.

- 도서 출간(출간 제안서 필요 없음)
- 잡지 기고(문의 편지 필요 없음)
- 돈
- 공짜 물건(책이나 제작품 등)
- 인터뷰 기회
- 다른 작가나 영향력 있는 사람들을 만날 기회

단순하지만 쉽지 않은 일이다. 대신에 충분히 투자할 가치가 있는 작업이다.

요즘 나는 책을 내는 일을 걱정하지 않는다. 거절도 두려워하지 않는다. 내가 나를 선택하니까 다른 사람들이 나를 알아본다. 책을 내 달라고 구걸하지 않아도 출판 관계자들이 찾아오는 것은 솔직히 기분 좋은 일이다.

나는 존 그리샴(John Grisham, 미국 법정 소설의 대가 - 옮긴이 주)이 아니지만, 내 자리에서 꽤 만족하며 살고 있다. 매일 수천 명이 내 글을 읽고 있다. 처음으로 펜과 종이를 들고 가고일(gargoyles, 성당 상층부에 세워 둔 괴물 조각상 – 옮긴이 주)에 대한 글을 쓸 때는 감히 상상조차 하지 못했던 일이다(초등학교 6학년 때 일이다).

무명작가를 벗어나는 데 그리 오랜 시간이 걸리지도 않았다. 이 방법을 적용한 뒤로 8개월 정도 걸렸다. 회사에 다니고 결혼도 한 상태에서 이른 아침과 저녁에 글을 쓰는 것은 쉽지 않은 일이다. 하지만 불가능한 일도 아니었다. 시간을 들이니까 열매가 생겨났다.

완벽한 공식 같은 건 없다. 하지만 의도적으로 목적을 세우는 것은 중요하다. 당신은 나와 비슷한 과정을 걸을 수도 있고, 완전히 다른 시도를 하면서 자신만의 방식을 개척할 수도 있다. 곧장 성공을 거둘 수도 있고, 좀 오래 걸릴 수도 있다. 한 가지는 꼭 약속할 수 있다. 이 작업을 해 나가면 반드시 결과가 생긴다. 우리가 사는 시대는 소통하는 사람들에게 무한한 기회가 주어져 있다.

변명의 여지가 없다. 무엇이든 오직 당신만이 무엇이든 가능하게 만들 수 있고 오직 당신만이 당신 자신을 붙잡을 수 있다.

나는 다음과 같은 선언으로 이 모든 걸 시작했다.

"난 이미 작가다. 그냥 글을 쓰기만 하면 된다."

기회는 바로 여기에 있다. 기회를 놓치지 말라. 모든 건 생각의 변화에서 비롯된다.

당신은 작가다.

독자의 신뢰와 인정이 없으면, 당신은 세상에 잡음만 하나 더할 뿐이다. 이를 막는 최선의 방법은 사람들에게 지나치다 싶을 정도로 도움이 되는 것이다. 사람들이 예상치 못할 정도로 후해지면 된다. 그렇게 신뢰를 얻는다면, 인정도 얻게 되고, 미래의 독자들에게 다가갈 수도 있다.

Part 03

실행에 옮기기

바로 지금 시작하라

09

지금까지 나눈 많은 아이디어와 전략을 이제 실행에 옮길 때가 되었다. 연필을 깎고 바로 시작하라.

시작하는 것이 쉬운 일이라고 말하는 건 쉽다. 하지만 사실은 전혀 그렇지 않다. 시작하는 것이 세상에서 가장 어렵다. 막상 시작할 때가 되면 많은 사람이 온갖 변명을 둘러대며 시작을 미룬다. 무엇을 쓸지는 생각하지도 않고 아직 시간이 안 됐다거나 준비가 부족하다는 핑계만 찾기 바쁘다. 자신에게 거짓말을 하는 것이다.

당신은 이미 충분한 준비가 끝났다. 이제 다른 생각은 접어 두고 시작하라. 첫발을 떼면 나머지는 저절로 해결된다.

어디서부터 시작할지는 사람에 따라, 하고 싶은 일에 따라 다르겠지만, 대체로 다음과 같이 시작하는 경우가 많다.

- 블로그를 개설하고 본인이 쓴 글을 올리라. 앞으로의 일정도 정하고 대중 앞에 모습을 드러내라.
- 트위터 계정을 만들고 대화를 시작하라.
- 블로그나 책 등을 소개할 페이스북 페이지도 만들라.
- 이메일 뉴스레터를 보낼 리스트를 만들라(Aweber. com이나 Mailchimp.com 등을 이용). 뉴스레터를 구독한 사람들에게는 작게나마 보답하는 것도 좋은 방법이다.
- 이야기를 나눌 만한 좋은 작품을 계속 만들어 내라. 매일 모습을 드러내고, 사람들과 약속한 것은 지속적으로 지키라.

작게나마 일단 시작하고 차근차근 하나씩 만들어 가면 된다. 사람들에게 항상 인정을 구하고 존중하는 마음을 보이고, 인내와 믿음을 가지고 계속 나아가다 보면 어느새 결과가 나타난다. 기대하는 만큼은 아닐 수 있지만, 분명 무슨 일이 일어날 것이다.

블로그를 시작하라

　이제 본격적으로 시작해 보자. 어디서부터 시작해야 할지 고민될 때 쉽게 접근할 수 있는 블로그를 이용해 보라. 정말 많은 기회가 주어진다.

　블로그는 2000년대 초반부터 유행하기 시작했다. 지금도 여전히 많은 사람이 이용하고 있다. 블로그가 초반에는 온라인용 개인 다이어리 기능만 했다면, 지금은 완전한 웹사이트의 기능을 하고 있다. 최신 콘텐츠를 제공하기도 하고 물건을 판매하는 쇼핑 카트 역할도 한다. 자료나 개인 포트폴리오, 동영상이나 팟캐스트 파일 등 다양한 정보도 올릴 수 있다.

　개인적으로 나는 워드프레스를 좋아한다. 작가라면 자신이 운영하는 웹사이트(웹사이트 제작 회사에 돈을 내고 웹사이트를 만들어야 한다는 의미다)가 꼭 필요하다고 생각한다. 하지만 시작부터 겁이 나고 더군다나 컴퓨터를 잘 다루지 못한다면, 워드프레스에서 계정을 만드는 것처럼 걸음마 단계부터 시작할 수 있다. 워드프레스를 이용하면, 여전히 몇 가지 결정해야 할 사항은 있지만, 10여 분 만에 바로 블로그를 시작할 수 있다. 무료로 만들면 웹사이트 주소가 'goinswriter.wordpress.com'처럼 된다. 반면 1년에

15~20달러의 업그레이드 비용을 지불하면 'goinswriter. com'처럼 된다. 거추장스러운 'wordpress'가 빠지는 것이다. 무료로 블로그를 개설하면 초보자에게는 좋지만, 전문가에게는 충분하지 않을 수 있다. 적합한 플랫폼을 견고하게 구축하지 않으면, 나에게 크게 흥미가 없는 사람들의 변덕에 쉽게 휘둘릴 수 있다. 또 플랫폼을 키우고 사람들의 이메일 목록을 늘려 가는 데도 한계가 있다.

블로그를 개시하려면 처음에는 약간의 기술이 필요하다. 하지만 한 번 시작하고 나면 자유롭게 사람들과 소통하고 관계를 맺을 수 있다. 기술적인 부분이 두렵지 않다면 8분 안에 블로그를 개설할 수 있다. 내 블로그에 몇 가지 방법을 올려놓았으니 참고하라.

혹시 기술적인 부분에 젬병이고 도움이 필요하다면, 'OutstandingSetup.com'에서 처음부터 끝까지 도움을 받을 수도 있다. 또 'Problogger.net'과 같은 웹사이트에서도 블로그를 시작할 수 있도록 가능한 모든 도움을 제공하고 있다.

무엇이든 기술적인 부분 때문에 시작하지 못하는 불상사가 없길 바란다.

세 가지 중요한 관계

일단 블로그를 시작하면, 사람들과 관계를 맺고 싶어질 것이다. 당연히 함께하는 사람들이 없으면 블로그를 성공적으로 운영할 수 없다. 어디서부터 시작해야 할까?

당장 트위터나 페이스북에 뛰어들어가 자신이 새로 만든 블로그에 회원 가입을 하라고 외칠 수도 있지만 좋은 방법은 아니다.

좀 더 전략적으로 접근할 필요가 있다. 최종적으로 우리가 맺어야 할 인간관계에는 세 종류가 있는데, 각각의 관계는 절대적으로 필요하다.

- 팬 : 당신을 따르는 사람들과 의미 있는 관계를 쌓아 나가야 한다.
- 친구 : 당신과 같은 일을 하는 사람들과도 관계를 맺어야 한다.
- 후원자 : 당신이 하는 일을 지지하는 사람들로부터 후원을 받아야 한다.

'팬'은 내가 쓴 글을 좋아해 주는 사람들로, 이들은 나의 메시지를 퍼뜨려 주고, 돈을 지불하고 나의 작품을 구매한다. 그래서 매번 이들에게 새로운 것을 제공해야 한다.

'친구'는 동료, 즉 내가 하는 일과 관련 있는 사람들로, 작업과 작품에 대해 진심으로 조언해 줄 수 있는 가까운 친구들이다. 이들은 내가 앞으로 발전하도록 도울 것이다.

'후원자'는 나에게 재정적으로 도움을 주거나 자신의 영향력을 빌려줌으로써 나를 지원하는 사람들을 가리킨다.

이들은 나의 멘토 역할을 하고 다음 단계로 나아가는 데 도움을 준다. 나의 영향력을 키워 주고 지혜롭게 성장하도록 돕는다.

이제 어떤 관계를 맺어야 하는지 알았다면 다음의 일들을 해야 한다.

- 멋진 작품을 만들라. 사람들이 필요로 하는 것을 찾아서 제공하라.
- 후한 인심을 발휘하라. 독자들에게 가끔 공짜 선물도 주어라.
- 인정을 구하라. 절대로 인정받고 있을 거라고 어림짐작하지 말라. 늘 요청해야 한다.

팬을 확보하라

팬을 확보하는 가장 좋은 방법은 가치 있는 작품을 창조하는 것이다. 사람들에게 감동을 주고 세계를 변화시킬 작품 말이다. 하지만 당신은 이제 막 시작하는 중이고 앞이 깜깜하다. 그렇다면 사람들이 원하는 것이 무엇인지 어떻게 알 수 있을까?

처음에는 당연히 사람들이 무엇을 원하는지 알지 못한다. 플랫폼을 구축했다면 독자들에게 물어볼 수도 있겠지만 그 전까지는 직관에 의존해야 한다. 다행히 온라인상에서는 막대한 시간과 돈을 들이지 않고도 거의 무료로 소통할 수 있다.

일단 시작하라. 그리고 조금씩 수정하라.

무엇을 해야 할지 모르겠다면, 좀 위험한 내용을 써 보라. 현재 상황에 도전하거나 사회적 관습에 반박해 보는 것이다. 논란이 될 이야깃거리를 만들어 보라. 그것을 좋아하는 사람들을 발견하는 기회가 될 것이다.

계속해서 시도해 보라.

친구를 만나라

글 쓰는 작업을 할 때 친구들이 정말 중요하다. 동료나 지지자가 없다면 고립되어서 영향을 주고받는 일에 제약을 받는다. 작가들은 보통 내성적인 경향이 강해서 친구를 사귀거나 새로운 사람을 만나는 것을 어려워한다.

친구는 중요하다. 혹시 필요하다면 관계를 맺는 다음 세 가지 방법을 참고하라.

- 다가가라. 사람들에게 메일을 보내고 트위터에 답글도 남기는 등 대화를 시도하라.
- 도움을 주라. 다른 사람을 돕고 관심을 보이면서 관계를 시작하라.
- 지속하라. 관계를 내버려 두고 있으면 안 된다. 계속해서 접촉하라.

방법은 매우 간단하다. 친구를 사귀는 가장 좋은 방법은 조건 없이 관심을 보이는 것이다.

여기서 계속 반복되는 패턴 하나를 찾아보라. 사람들을 돕는 것이 영향력을 얻는 가장 좋은 방법이다. 내가 아는 영향력 있는 사람들은 실제로 이렇게 하고 있다. 그들은 받

는 것보다 주는 것이 더 많고, 말하는 것보다 요청하는 것
이 더 많다.

당신도 가능한 한 많은 사람에게 다가가길 원한다면, 당
신이 성장하도록 돕고 당신의 작품을 옹호해 주고 앞으로
나아가도록 격려해 주는 친구가 필요하다.

그리고 아마 당신 어머니도 당신에게 말씀하셨겠지만,
친구를 얻는 가장 좋은 방법은 당신 자신이 친구가 되는
것이다.

후원자를 찾아라

작가로서 팬도 확보하지 않고 친구도 사귀지 않는 것은
가히 '혁명적' 발상이다. 이 두 가지는 성공의 정도는 다르
지만, 우리가 유치원 때부터 해온 일이다. 하지만 후원자를
얻는 일은 많은 사람에게 새로운 일이다. 나 역시 그랬다.
그러니 이 부분은 시간을 두고 깊이 있게 이야기할 필요가
있다.

우리는 불신의 시대를 살고 있다. 기술은 놀랄 정도로
발전했다. 누구나 기술의 이용과 혜택에 접근하기가 쉬워
졌다. 손가락 하나만 까딱하면 몇 초만에 수백만 명에게 접

근할 정도로 소통도 쉬워졌다. 하지만 아이러니하게도 작가와 예술가들은 예전보다 더 고립되어 있는 경우가 많다.

요즘 같은 어마어마한 소통의 시대에 당면한 도전 중 하나는, 경쟁이 더욱 심해졌다는 것이다. 창작 분야에서는 더욱 그렇다. 하지만 그렇게 되어서는 안 된다. 우리는 도움이 필요하다. 우리에게 밧줄을 던져 줄 누군가가 필요하다. 우리가 독자들을 찾을 수 있도록 자신의 플랫폼을 빌려줄 마음 넉넉한 후원자가 필요하다.

메디치(Medici) 가문이 없었다면 미켈란젤로(Michelangelo)도 시스티나 성당(Sistine Chapel)에서 그림을 그리지 못했을 것이다. 유력한 후원자 아타리(Atari)가 없었다면 스티브 잡스는 애플사를 시작하지도 못했을 것이다.

후원자 없이 가능성을 발휘하는 것은 몹시 힘든 일이다.

우리에게는 우리가 하는 일을 믿고 지원해 줄 후원자가 필요하다. 그런데 후원자들은 우리와 다르다. 그들은 이미 영향력과 전문적인 식견을 겸비하고 있다. 우리가 생각하지도 못한 질문들에 대한 답을 가지고 있으며, 플랫폼을 이미 구축해 놓았고 독자들로부터 신뢰를 얻고 있다.

그런데 그들은 몹시 바쁘기 때문에 만나기가 어렵다. 하지만 노력을 기울일 가치는 충분하다. 어떻게 해야 미래의 후원자들에게 나를 어필할 수 있을까?

- 요청하라. 먼저 이메일이나 편지를 보내서 잠깐 만나 자고 요청해 보라. 직접 만날 수도 있고 메신저를 이용할 수도 있다. 무엇이든 그들에게 가장 편한 것이 좋다.
- 인터뷰하라. 관심을 보이고 질문을 준비하라. 그들에게 시간을 내준 것에 대해 감사의 마음을 전하라.
- 지속적으로 접촉하라. 만남 이후에 이메일을 계속 보내거나 전화를 하라(그 후원자를 만난 사람들이 생각보다 많지 않다는 사실에 놀라게 될 것이다).
- 진짜 비결은 성실함과 인내심이다. 충분히 많은 사람과 충분한 시간을 가지고 관계를 맺으라. 그러면 당신을 믿어 주는 사람이 반드시 나타난다.

이 일은 두려운 일이다. 나 역시 처음 후원자를 찾기 시작했을 때, 나를 도울 만한 사람들과 관계를 맺을지 말지 망설였다. 염치없는 짓이라고 생각해서 나를 홍보한다는 생각 자체가 싫었다.

그럼에도 나는 행동했다. 연결되길 바라는 사람에게 트위터나 페이스북, 이메일을 통해 차를 한잔 하자고 요청했다. 그런 다음 인터뷰를 했다. 기사를 써서 그 사람을 알렸고, 이것이 그와 지속적으로 접촉하는 구실이 되었다. 이런 식으로 많은 사람과 관계를 맺었다. 현재는 꾸준히 연락하며 지내고 있다.

시간이 지나면서 이러한 경험들이 다른 사람에게 다가갈 때 자신감을 갖게 해 주었다. 방금 전에 말한 간단한 '공식'을 따르니 세스 고딘이나 마이클 하이엇 같은 유명 인사들과 친해질 수 있었다. 스티븐 프레스필드(Steven Pressfield) 같은 작가를 비롯해 다른 수많은 작가의 단독 인터뷰도 기고할 수 있었다.

시간을 내서 시도한다면 당신도 후원자를 찾을 수 있다. 용기를 내고 어느 정도 위험을 감수하라. 그러면 위험을 감수할 가치가 있는 결과를 얻게 될 것이다.

후원자와의 만남에 성공하려면 사전 준비가 필요하다. 만남을 요청하기 전에 나는 지금까지 무엇을 해 왔고 앞으로는 무엇을 할 수 있는지 보여주는 것이 좋다. 그러면 만나서 좀 더 자연스럽게 대화를 나눌 수 있다. 그들의 일터 근처에서 커피나 식사를 대접하는 등 모든 것을 내가 아닌 그들의 편의에 맞추는 게 좋다.

만남의 자리에서는 그들이 더 많이 이야기할 수 있는 분위기를 만들라. 그들이 당신에게 많은 질문을 한다고 당황해서는 안 된다. 질문할 것과 대답할 것을 모두 준비해 가야한다. 미리 노트에 정리해 보는 것도 좋다. 기꺼이 시간을내고 조언해 준 것에 대한 감사와 존경의 마음도 전하라.

당신이 그들의 도움을 기대한다는 것을 처음 만난 자리에서 표현하지는 말라. 대신 관계를 맺는 것을 일차 목표로 삼아야 한다. 당신이 마음에 들면 앞으로 그들에게 요청할 기회는 얼마든지 있다.

만남 후에 편지로 감사의 마음을 전할 때는 기억에 남는 조언도 함께 써 보라. 함께 보낸 시간을 얼마나 소중하게 여기는지 알려 주어라. 다른 관계처럼 시간이 지나면서 관계가 발전해 가도록 해야 한다. 관계를 이어 나가라. 그들과 함께 정보를 나누고 그들을 도울 기회를 찾아보라.

이 관계는 앞으로 당신이 작가로 활동할 때 수많은 기회와 돌파구를 제공해 주는 중요한 지렛대가 될 것이다.

미래의 후원자들에게 다가가기가 겁이 나는가? 시작하고 나면 그다음은 쉽다. 일단 시작하고 이미 시작했다면 계속 진행하라. 관계를 맺고 있는 사람들이 많다면 어떤 역경도 이겨낼 수 있다. 세상의 모든 성공 스토리는 복잡한 인간관계 속에서 서로 협력한 공동체의 이야기다. 잊지 말라. 당신은 결코 혼자서 이 일을 해낼 수 없다.

당신은 이미 충분한 준비가 끝났다. 이제 다른 생각은 접어 두고 시작하라. 첫발을 떼면 나머지는 저절로 해결된다.

첫 책을 내기 전에

파티나 모임에 가서 나를 작가라고 소개해 보라. 그러면 무슨 일이 일어날까? 적어도 한 명 이상은 자신도 언젠가는 책을 쓰고 싶다고 말할 것이다.

책을 내는 것은 모든 작가의 꿈이자 소망이다. 그러나 직접 출간을 시도해 보면 그 일이 쉬운 일이 아니라는 사실을 금방 깨닫게 된다. 힘들게 작업해야 하고 오랫동안 인내할 수 있어야 한다.

하지만 생각보다 그렇게 어렵지도 않다. 비결을 안다면 말이다.

매일같이 쏟아져 나오는 수백 권의 책과 수천 편의 기사 중에는 그다지 좋지 않은 작품도 있다. 책을 출간하는 데 성공한 작가와 당신의 차이는 무엇일까? 당신은 하고 있지 않지만, 그들이 하고 있는 일은 무엇일까? 아마도 그들이 책을 어떻게 출간하는지를 알고 있다는 사실 외에는 없을 것이다. 사실 그것이 중요한 포인트다.

그 비결을 이제부터 이야기하겠다.

준비되었는가?

출판의 세계에 뛰어들기 전에 먼저 자신에게 이렇게 질문해 보기 바란다.

나는 진심으로 원하는가?
나는 열정이 있는가?
나는 도전할 준비가 되었는가?

너무도 많은 사람이 지불할 대가는 생각하지 않고, 책을 내거나 잡지에 글을 기고할 꿈만 꾸고 있다. 책을 낸다는 게 화려해 보일 수도 있다. 하지만 막상 겪어 보면 그렇지도 않다. 나도 지금까지 몇 권의 책을 냈는데, 그 일은 다른 어떤 경험보다 힘든 일이었다.

대부분 작가는 작품은 준비하지도 않으면서 꿈꾸는 것에 만족하는데, 이런 모습은 시작하기도 전에 실패하는 것과 같다. 당신은 제발 그러지 않길 바란다. 시작하기 전에 잠깐 시간을 갖고 무엇을 해야 하는지 곰곰이 생각해 보라.

일할 준비가 되었는가? 인내심을 갖고 계속할 생각인가? 힘이 들 때도 있다. 낙심하거나 목표가 보이지 않을 때도 있다. 그럴 때도 매일 아침 일어나 글을 쓸 작정인가?

당신 스스로 다짐해야 할 부분이다. 그렇지 않으면 시작부터 이미 실패할 운명이다.

당신은 아마 위대한 작가는 아닐 것이다. 이제 막 시작하는 단계일 가능성이 크고, 수십 년간 책을 내 본 경험이 없다면, 이것은 기정사실이다. 그리고 이제는 벗어나고 싶을 것이다. 이제 어디서든 시작해야 할 때다.

그러기 위해서는 먼저 실력이 더 탁월해져야 한다. 실력을 쌓는 가장 좋은 방법은 연습이다. 이미 알고 있겠지만 아무리 강조해도 지나치지 않다. 실력을 쌓는 가장 좋은 방법은 대중 앞에서 연습하는 것이다.

뮤지션들은 라이브 무대에 100번 정도는 서야 프로가 된다. 작가들도 형편없는 작품들을 많이 내봐야 전문 작가의 반열에 오른다(더는 형편없는 작품을 내지 않게 된다는 말이다). 사실 모든 예술 분야가 그렇다.

한 번은 어느 젊은 배우가 월터 매튜(Walter Matthau, 미국의 영화배우 - 옮긴이 주)에게 한숨을 내쉬며 이렇게 말했다고 한다. "저는 언젠가 대박이 터질 날만 기다리고 있어요."

그러자 매튜가 웃으며 대답했다. "대박이 한 번만 터져서는 안 될 겁니다. 한 50번쯤은 터져야죠."

글 쓰는 실력은 시간이 지나면서 차츰차츰 올라간다. 한꺼번에 껑충 뛰어오를 필요가 없다. 그저 다음 단계로 발을 옮기면 된다. 책을 출간하는 것도 완성된 원고를 쓰는 일부터 시작되지 않는다. 그 전에 사람들 앞에서 연습하는 걸음마 단계가 있다.

작게, 천천히 나아가는 것으로 시작하라. 앞에서 블로그를 운영하는 것에 대해 이야기했다. 친구나 동료의 웹사이트에 무료로 글을 올리는 등 조금씩 당신만의 포트폴리오를 만들어 가라. 그래야 전문가의 길에 들어설 수 있다.

이것이 책을 출간하는 실제적인 방법이다. 유명 인사거나 거물급 인사의 상속자라면 이 단계를 뛰어넘을 수도 있다. 하지만 그렇지 않다면 정직한 피와 땀, 눈물이 필요하다.

누가 인정해 주기만을 기다리지 말고 일할 준비를 하라. 결정적 기회란 없다. 노력이란 작은 땀방울이 모여야 파도를 일으킬 수 있다.

뛰기 전에 걸어라

　책을 쓰기 전에 먼저 잡지에 10여 편의 글을 기고해 보아야 한다. 그 이상 해야 할 수도 있다.

　인기 있는 웹사이트나 블로그에 글을 올리거나 라디오 인터뷰를 하는 것도 좋다. 블로그나 팟캐스트 등 플랫폼도 구축해야 한다. 팬과 동료, 후원자들을 확보해야 한다. 바로 지금 말이다.

　이 모든 것이 책을 출간하기 위한 연습이자 작가로서 경력을 쌓는 것이다. 그런데 재미있는 점은 이 과정이 전혀 연습이 아니라는 것이다. 지금 글을 쓰고 책을 출간하는 과정 중에 있는 것이다. 편집자나 유력자들과 관계를 발전시켜 나가는 것도 때가 오면 책을 출간하는 일의 당연한 순서가 된다.

　책을 출간하는 수준에 이르기 전에 잡지나 기타 간행물에 글을 기고하기 위한 다섯 단계가 있다. 1단계가 가장 중요하다.

1단계 : 발 들여놓기

많은 작가가 큰 실수를 저지르고 있다. 그들은 잡지나 신문, 웹사이트 등에 어울리는 주제를 찾으려고 애쓰고 피드백을 받을 생각은 전혀 하지 않은 채, 아이디어를 찾는 데에만 많은 시간을 소비한다. 그렇게 해서 몇 시간에서 며칠에 걸쳐 기사 한 편을 쓴 다음 그 글을 실어 줄 사람을 찾는다. 그리고 처참하게 실패한다.

누군가는 그들을 "프리랜서"라고 부르고, 나는 "바보"라고 부른다.

그들은 거꾸로 생각하고 있다. 출판 전문가들보다 자기가 독자를 더 잘 알고 있다고 생각하는 것이다(실제로 그렇다 하더라도 이러한 태도로는 성공하지 못한다).

그렇다면 올바른 길은 무엇일까?

글을 쓰기 전에 먼저 할 일은 아직 다듬어지지 않은 몇 가지 아이디어를 가지고 편집자들과 접촉하는 것이다. 편집자들과 접촉하는 큰 이유는 그들의 레이더망에 걸리기 위해서다. 인간관계를 맺고 대화를 나누는 것은 좋은 아이디어와 훌륭한 글쓰기 실력만큼이나 중요하다(적어도 처음에는 그렇다). 출판 관계자들에게 내 아이디어를 설득하려 하지 말고, 그보다 더 좋은 일을 하라. 바로 관계를 맺는 일이다.

하지만 그 전에 할 일이 있다. 앞으로 만날 편집자에 대한 사전 정보를 파악하는 것이다. 그 편집자가 만든 작품을 찾아서 읽어 보라. 그가 작업한 출판물을 냈던 동료들에게도 메일을 보내라. 작품을 모방해 보는 것도 좋다. 인생에서 딱 한 번 오는 기회일지도 모른다. 기회를 소중하게 여기라.

준비되면 편집자에게 연락해서 출간을 염두에 두고 있는 아이디어들을 선보이라. 당신이 쓴 글이 독자들과 어떤 관련이 있는지 설명하고 다른 샘플 글들도 보여 주어라. 무엇이든 보여 줄 것이 있으면 좋다. 제발 빈손으로만 가지 말라. 잡지나 기타 정기 간행물, 심지어 블로그에 기고할 때도 마찬가지다.

사실 알고 보면 콘텐츠보다 관계가 더 중요하다. 아이디어가 떠오를 때 편집자들과 접촉하면 그들이 당신에게 관심을 보일 것이다.

2단계 : 한 가지 생각에 빠지지 않기

책을 낸 동료 중 다수는 기대하지 않던 아이디어가 책으로 나온 경우가 많다. 나도 잡지나 웹사이트, 기타 간행물에 글을 기고할 때 그런 일이 있었다. 심지어 나의 첫 책도 그랬다. 전혀 염두에 두지 않던 주제를 편집자가 선택하더니 책으로 냈다.

여기에 중요한 교훈이 있다. 출판인들은 책을 파는 사람들이라는 사실이다. 그들은 어떤 책은 팔 수 있고 어떤 책은 팔 수 없는지 잘 알고 있다. 그러므로 우리가 어떤 것이 좋은 아이디어인지 섣불리 정하지 않아도 된다. 그들이 알아서 한다.

플랫폼을 구축하고 작가로서 권위도 생긴다면 좋은 아이디어를 고를 권한이 생기고, 그 아이디어에 적합한 독자들이 어디에 있는지도 알게 된다. 그러나 그렇게 되기 전까지는 출판인들을 믿어야 한다. 내가 쓴 글을 아무도 읽지 않으면 글이 아무리 좋아도 소용없다. 적어도 출판 영역에서는 그렇다.

때로는 내 아이디어가 생각보다 좋지 않을 수도 있다. 어떤 때는 세상이 아직 내 생각을 받아들일 준비가 되어 있지 않을 수도 있다. 그러니 자존심은 잠깐 내려놓고 믿음을 갖길 바란다. 세상이 들어야 할 훌륭한 생각이 있다면 언젠가는 공유할 날이 올 것이다. 하지만 이제 막 시작하는 단계라면 발언권이 없다. 우선 몸을 낮추고 어떻게 하면 영향력을 갖게 되는지 배우면서 잠시 거쳐야 하는 훈련이라고 생각하라. 영원히 지속되지는 않을 것이다.

출판인들에게 접근할 때, 당신에게 융통성이 있다면 오히려 그것이 더 좋은 작가로 만들어 줄 것이다. 당신의 아이디어를 더 파는 사람으로 만들어 줄 것이다.

그렇다. 아이디어를 선보이는 것은 아이디어를 파는 것이다. 물론 기름을 발라 머리를 넘기고 언변이 뛰어나야 한다는 이야기가 아니다. 아이디어를 출판인들에게 어필할 준비를 해야 한다는 말이다. 즉 그들에게 당신을 고용해 달라고 요청해야 한다. 그들이 당신에게 비용을 지불할 가치가 있는 사람이 되어야 한다. 그들의 세계로 들어가서 그들이 생각하는 것처럼 생각하라.

출판인들에게 당신의 아이디어를 어필하기 전에 먼저 출간할 가치가 있다고 생각하는 아이템들을 모아 보라. 생각나는 대로 노트에 적은 다음 그중에서 중요한 아이디어들만 뽑아 보라(적어도 3개는 되어야 하고 10개가 넘으면 곤란하다). 그리고 각각의 아이디어에 걸맞은 재미있는 제목을 뽑아 보라. 선정한 아이디어들 밑에 어떤 글이 나올 수 있는지도 몇 문장으로 요약해서 적으라.

그렇게 한 다음에 잡지사 관계자를 만나든지, 곧바로 출판사로 가서 아이디어를 선보이는 것이다. 물론 각각의 경우에 따라 적용 지침은 다르다(웹사이트나 잡지 관계자를 만날 때도 필요한 지침을 샅샅이 뒤져야 한다). 이것은 모든 간행물 관계자들에게 똑같은 아이디어를 흩뿌리라는 의미가 아니다. 대부분 간행물 관계자는 그런 행위를 좋지 않게 생각한다. 하지만 하나의 아이디어로 서로 다른 여러 편의 글을 만들어 낼 수 있다.

내 친구 매리언(Marion)은 한때 〈뉴욕 타임스〉에서 근무했고 알츠하이머에 관한 책을 한 권 쓰기도 했다. 매리언의 어머니가 이 병으로 투병했다. 그녀는 어머니에 관한 이야기를 기초로 수백 편의 글을 썼지만 모두 다른 글이었다. 하나의 뿌리에서 수많은 열매를 맺은 것이다.

작은 아이디어가 기회를 넓힐 수 있다. 여러 쇳덩이를 불 속에 넣어 두면 적어도 아이디어 하나 정도는 출간할 가능성이 커진다.

다음은 당신의 아이디어를 선보일 때 필요한 항목들이니 참고하라.

- 개인적인 인사(편집자의 이름을 넣어라.)
- 짧은 자기소개(처음 만나는 경우)
- 원고 샘플(무엇이든 가장 좋은 작품으로)
- 임시 제목을 붙인 아이디어 목록(관계자들이 제목을 보

고 어떤 반응을 보이는지 관찰하라.)
- 각각의 글에 대한 요약 설명(두세 문장으로 정리하라.)
- 끝인사와 함께 연락처 남기기(웹사이트 주소 등)

내가 실제로 사용하는 세 가지 샘플을 보여 주겠다. 첫 번째는 아직 관계를 맺지 않은 잡지사에 보내는 경우다. 두 번째는 이전에 기고도 하고 편집자와 관계도 맺은 경우고, 마지막은 아직 관계를 맺지 않은 블로그에 게스트로 포스트 작성을 요청하는 경우다.

샘플 #1 처음 접촉하는 경우

[상대 이름], 안녕하세요?

제 이름은 제프 고인스입니다. [잡지 이름]에 기고할 원고 아이디어를 제출하고 싶습니다. 대상 독자는 세계 여행을 꿈꾸는 20, 30대 청년입니다.

지난 1월에 저는 1년간 세계 여행을 한 친구들과 보름 동안 함께 시간을 보냈습니다. 그러면서 그 친구들이 여행을 통해 삶이 어떻게 변화되었는지 알게 되었습니다. 그래서 그 경험과 관련해 아이디어를 정리한 자료를 첨부합니다. 다양한 방향으로 글을 쓸 수 있겠지만, 그 아이디어가 독자들에게 반응을 일으킬 거로 생각합니다.

1년간 세계 여행을 마치고 돌아온 여행자 중 한 명에게 지금의 삶이 어떤지 Q&A 형식으로 물어볼 수도 있습니다. 아니면, 제가 이미 [웹사이트 이름]에 쓴 글을 좀 더 확대할 수도 있습니다. 또 미국의 청년들에게 1년간 휴가를 얻어 자기 자신을 찾는 시간을 갖도록 독려하는 글을 쓸 수도 있습니다. 다른 문화에서는 이미 많이 하는 일이기도 하지요.

이곳에는 제가 쓴 또 다른 글이 있습니다. [링크] 이 아이디어를 확장할 수도 있고요.

편집자님의 생각은 어떤지 알고 싶습니다. 관심 있으시면 제가 초안을 보내드리도록 하겠습니다. 그럼 언제쯤 진행하면 좋을지 알려 주시면 감사하겠습니다.

시간 내 주셔서 감사합니다.

제프 고인스 드림.

goinswriter.com

샘플 #2 계속 관계를 맺어 온 경우

[상대이름], 잘 지내셨어요?

[잡지 이름]에서 다룰 주제와 관련해 아이디어가 하나 떠올라 연락드렸어요. 예전에 대학 졸업하고 친구인 폴과 1년 동안 미국 전역을 돌아다니며 음

악 활동을 한 적이 있습니다. 우리는 1년 동안 어떤 공동체 안에서 살기도 하고, 다른 사람들의 집에서 묵기도 하고, 모르는 사람들의 도움으로 먹고살기도 했죠.

우리는 길 위에서 인생이 주는 좌절감과 도전에 대해 자주 이야기를 나누었어요. 때로는 당시에 나눈 이야기들이 우리를 정신 번쩍 차리고 살게 만드는 것 같습니다.

제 아이디어는 다음과 같아요.

1. 우리가 길 위에서 나눈 이야기 중에 가장 인상 깊었던 내용 공동 집필

2. 여행하는 것, 친구를 이끄는 것, 오랜 우정의 중요성에 대한 글 집필

3. 1년간의 도보 여행기(둘 중 한 명만 집필)

이런 아이디어 어떻게 생각하세요?

답장 기다리겠습니다.

제프 고인스 드림.

goinswriter.com

샘플 #3 게스트로 포스트 작성을 요청하는 경우

[상대 이름], 안녕하세요?

얼마 전부터 쓰신 글을 잘 읽고 있습니다. 글을 보면서 진심으로 감동하고

있습니다.

저는 [상대방의 블로그 이름]에 적합할 것 같은 글 한 편을 쓰고 있습니다. 제목은 '[글 제목]'입니다. 블로그의 글을 보면서 배우게 된 내용을 기초로 하고 있는데, 초안은 다음과 같습니다. [300자 정도 초안 발췌]

이 글을 포스팅하는 건 어떨까요? 관심이 있으시면 좀 더 발전시켜 보겠습니다. 제가 쓴 다른 원고들을 보고 싶다면 제 블로그로 오시면 됩니다. [링크] 그리고 이곳에는 최근에 쓴 게스트 포스트가 있습니다. [링크]

감사합니다.

제프 드림.

goinswriter.com

3단계: 처음부터 완성된 원고 쓰지 않기

이번에 처음으로 출간을 시도하는 것이라면 준비할 것이 있다. 겁이 날 수도 있고 하고 싶지 않은 일일 수도 있다. 바로 글을 쓴 다음 아주 많이 고치는 것이다.

내가 쓴 원고 100단어(10분 정도면 100단어를 쓴다)를 수정하고 다시 쓰는 데 30분에서 60분 정도 걸렸다. 편집자를 만나기 전에 미리 계획해서 일정을 짜는 데 참고해야 한다.

(속도는 각기 다르겠지만, 예상 시간을 합리적으로 계산하는 것이 중요하다.)

2,500단어의 글을 한 편 수정하는 데 5시간에서 25시간까지 걸린다. 분량과 주제에 따라 들어가는 시간이 달라진다.

그런데 시간을 많이 들여 완성한 글이 물거품이 된다면, 글 한 편당 몇백 달러를 버는 일이 노력할 가치가 없는 일이 된다. 하지만 '훌륭한 작가는 돈을 위해 글을 쓰지 않는다.'

이런 고된 과정을 감당할 준비가 되어 있지 않다면, 더쉽게 돈을 버는 방법을 찾는 편이 나을 것이다. 그렇지 않으면, 까다로운 편집자와 처음 만났을 때 당신이 예의 없는 사람임을 깨닫게 될 것이다. 편집자는 당신을 기다리고 있다. 빨간 펜을 손에 들라.

원고를 내놓기 전에 완성된 글을 쓴다는 것은 말도 안되는 이야기다. 어떻게든 수정을 하게 된다는 말이다. 계약금을 받고 원고를 작성할 때는 편집자의 성향을 미리 파악해 두는 것이 좋다. 그러면 시간을 절약할 수 있다.

당신은 아마 지금 당장이라도 시작하고 싶은 유혹을 받고 있을 것이다. 샘솟는 아이디어 때문에 하루라도 빨리 글을 쓰고 싶을 것이다. 그러나 이런 유혹은 피해야 한다.

그렇지 않으면 인생에서 몇 시간, 며칠, 몇 달을 낭비할 수 있다.

첫 단계에서 완성된 글을 쓰는 것보다 먼저 편집자를 찾아가는 것이 시간을 절약하는 길이다.

출판인들과 관계를 맺는 것, 편집자들을 알아 가는 것, 글을 쓸 준비를 하는 것에 집중하라. 충분히 공을 들일 가치가 있다. 나를 믿어 보라.

4단계 : 계속 들이밀기

편집자들은 바쁘게 일하는 사람들이다. 매일같이 쏟아지는 수많은 출간 제안서 속에서 3주 전에 메일을 보냈던 내가 누구인지, 내가 무슨 글을 썼는지 기억할 시간이 없다. 하지만 괜찮다.

그들의 기억 속에 나의 존재를 남기는 것은 그들이 아니라 내가 할 일이다. 내가 직접 편집자의 마음속에 내 글을 각인시켜야 한다. 나는 편집자를 자주 찾아가 호의를 보이고 더 필요한 건 없는지, 내 글에 여전히 관심이 있는지 확인한다. 당신도 그렇게 해야 한다.

작가로 받아들여지기 위해 해야 할 일들은 인간관계와

긴밀히 연관되어 있다. 세상에서 가장 내성적인 사람이라도 이 일은 해야 한다. 메일이 당신을 도와줄 것이다. 직접 통화하는 것보다 메일을 보내는 것이 덜 두렵다. 관계를 맺거나 낯선 사람에게 자신을 소개할 때 용기를 내는 방법을 찾아보라. 내성적인 성격이라면 많이 힘들겠지만, 어색하고 불편해도 견딜 가치가 있는 일이다.

적절한 시기에 적절한 사람들과 연결되는 것은 다작을 남기는 비결 중 하나이기도 하다. 솔직히 매우 바람직하다고 할 수도 없고 꼭 성공한다는 보장도 없지만, 이것이 세상이 흘러가는 방식이다. 때로는 현실에 맞춰 살아가는 법도 배워야 한다. 그러니 이제 가만히 앉아서 내 원고가 책으로 출간되지 못한다고 불평하는 일은 그만하라. 세상에 어중간한 건 없다.

이 과정을 구직을 위한 면접이라고 생각하면, 당신은 고용주에게 잊히고 싶지 않을 것이다. 그래서 상황이 어떻게 돌아가는지 잘 살피는 것처럼 여기서도 마찬가지다.

얼굴을 두껍게 하고 좀 뻔뻔해지는 것도 도움이 된다. 내 원고에 대한 의견을 듣고 싶다면, 매주 얼굴을 들이미는 것(물론 그만 연락하라고 할 때까지 말이다)이 편집자의 마음속에 나를 각인시키는 가장 좋은 방법이다.

편집자를 귀찮게 하지 않으면서도 소기의 목적을 달성

할 좋은 방법은 내 원고에 대한 편집자의 생각을 묻는 것이다. 필요하면 원고를 수정해서 다시 제출할 수도 있다. 정중하고 진심 어린 태도로 다가가라. 굳이 미안해하지 않아도 된다.

편집자에게 다른 간행물에서도 내 아이디어에 관심이 있다는 사실을 슬며시 알려라(물론 정말 그런 경우에만 말이다). 그러면 편집자가 결정을 내리는 데 약간의 압박이 될 수도 있다. 내 원고가 어느 정도의 수요가 있는지에 대한 정보도 알리는 셈이다. 답을 기다리는 데까지 보통 시간이 얼마나 걸리는지 물어볼 수도 있다. 대부분 잡지는 4~6주 정도 걸리고 웹사이트는 그보다 빠르다.

한 달 정도 지났는데도 연락이 오지 않으면 원고를 출간할 생각이 없다고 보면 된다. 내 경험에 비추어 봤을 때 일반적으로 그렇다. 보통 회사에서는 출간 제안을 받으면 정해 놓은 지침과 시간표에 따라서 움직인다. 회사마다 다르겠지만 일반적으로 그 정도의 시간이 걸린다. 그래서 항상 한꺼번에 여러 가지 아이디어를 제안하는 것이 좋다(물론 아이디어끼리 비슷해야 한다).

편집자에게 원고를 들이미는 것이 다소 불편한 일일 수도 있다. 하지만 마냥 가만히 앉아서 누군가 내 원고를 선택해 줄 날만 기다리고 있는 것보다는 낫다. 그것은 당신이 주도권을 쥐고 있다는 뜻이다.

당신은 콘텐츠를 창작하는 창조자이자 글을 만들어 내는 마법사다. 편집자들은 당신을 필요로 한다. 그러니 창조자답게, 마법사답게 행동하라.

(몇 주를 기다려도 답이 없는 경우) 다른 곳에 글을 기고하려면, 정중하게 예의를 갖추고 이전에 다른 곳에 원고를 제출했다는 사실을 밝혀야 한다.

거절의 답을 들었을 때

지금까지 우리는 당신의 아이디어가 가능성이 있다고 가정해 왔다. 하지만 실제로 당신은 거절을 당할 수도 있다. 당신의 예상보다 더 많은 거절을 당할 수도 있다. 모든 작가가 그렇다.

세계 최고의 베스트셀러 작가인 스티븐 킹(Stephen King)은 초반에 출판사로부터 거절 통지서를 받을 때마다 다락방에 있는 책상 위 벽에 못으로 박아 놓았다. 못이 통보서들을 견디지 못해 떨어지자 더 큰 못으로 박았다. 그래도 출판사에 출간 제안을 하는 일을 계속했다. 소설가인 커트 보니것(Kurt Vonnegut)은 거절 통지서를 캔디 상자에 차곡

차곡 쌓았다.

제안했다가 거절당했을 때, 절대 깨지 말아야 할 기본 규칙이 있다. 이 규칙을 들은 당신이 포기하거나 게을러질까 봐 이 규칙을 공유하는 것이 망설여진다. 하지만 여기서 나누지 않으면 안 될 정도로 너무나 중요한 이야기다.

절대로 하지 말아야 할 행동이 하나 있다. 내가 지금까지 적극적으로 출판사와 접촉하라고 조언한 것과 정반대되는 주장처럼 들릴 수도 있다. 하지만 이 점을 꼭 유의하라. 한 번 거절당한 원고를 같은 회사에 다시 들이밀지는 말라.

비싸게 굴라는 뜻이 아니다. 그들이 당신의 원고를 사용하지 않겠다고 말했다면, 더는 설득하지 말라는 이야기다. 또 다른 기회를 구걸하는 것은 시간만 버리는 것이다. 현실을 부정하는 것밖에 안 된다. 애써 맺은 소중한 관계를 이렇게 끊어 버려서는 안 된다.

그리고 또 하나 중요한 사실이 있다. 때로는 이 거절이 진짜 '거절'이 아니라 '이번에는 아니다'라는 뜻일 수 있다. 둘 사이의 차이를 혼동하지 말라. 편집자가 당신과 다시 일해 보고 싶다고 말했다면, 바로 후자를 뜻하는 것이다.

5단계 : 관계 오래 유지하기

가능하다면 어디서나 굳건한 관계를 형성하는 것이 좋다. 회사는 사람이 아니지만, 편집자는 사람이다. 우리는 이 사람들을 이해하고 그들이 일을 쉽게 할 수 있도록 도와야 한다. 그들은 훌륭한 협력자이자 우리가 관계를 맺고 유지해 나가야 할 사람들이다. '시작하는 일'을 계속 반복할 이유가 있는가? 힘든 일은 끝났고, 열매를 따 먹을 때다.

어느 편집자와 한번 동역하고 관계를 쌓아 놓으면, 두 번째, 세 번째 작품을 내놓는 일은 훨씬 쉬워진다. 이것을 기회로 삼아라. 글을 한 번 기고했던 곳에서 계속 여러 편의 글을 쓰는 것도 좋다.

나도 예전에 같이 일했던 잡지사에서 여러 차례 글을 썼다. 그들이 누구인지, 그들이 기대하는 것이 무엇인지 안다면 그다음부터는 쉽다. 내 글을 알리려고 굳이 애쓰거나 걱정할 필요가 없다.

회사에서 무엇을 원하는지 알았고, 그들에게 나를 알렸으니 이제 가장 힘든 부분이 끝났다. 한번 발을 들여놓으면, 계속 가야 한다. 주어진 기회를 최대한 활용하라. 덜 약속하고 더 많이 베푼다면, 다시 기고할 곳을 찾으러 다니지 않아도 된다. 이 말은 피드백을 감사히 받아들이고, 훌륭하게 일 처리를 하고, 제시간에 맞춰 원고를 제출하는 것을 의미한다.

이런 일들을 제대로 해낸다면, 편집자가 가끔 글을 써 달라고 의뢰할 수도 있으니 너무 놀라지 말라. 한번 발을 들여놓으면 계속 머물러야 한다(물론 발을 들여놓은 뒤 엉망으로 만들어 놓지 않는다면 말이다).

그런 의미에서, 한 번 발을 들이면 어그러지지 않도록 조심해야 한다.

무엇보다도 절대로 편집자를 화나게 해서는 안 된다. 이 문장을 다시 한번 읽어 보라. 절대로 편집자를 화나게 해서는 안 된다. 정말 중요한 사항이다.

얼마 전에 어느 웹사이트에 글을 쓴 적이 있는데 편집자들은 내 글의 일부를 고치고 싶어 했다(흔히 있는 일이다). 하지만 나는 고집을 부리며 한 문장을 고치지 않았고, 그들은 그 문장을 삭제하고 싶어 했다. 나는 완강히 거부하고 (물론 화가 났지만 좋게 이야기했다) 작가인 친구에게 메일을 보내 이렇게 말했다. "이럴 수 있는 거야? 분통 터져. 어떻게 해야 하지?"

그러자 친구는 사랑이 담긴 조언을 보냈다. "그냥 편집자가 시키는 대로 해. 넌 선물을 받은 거야. 네 글을 기꺼이 내주는 사람 말이야. 그러니 편집자를 믿어. 편집자랑 잘 지내는 게 제일 중요해."

친구 말이 옳았다. 관계를 위해서는 편집자의 의견을 따라야 한다. 이 사람들에게 앞으로 무슨 일이 일어날지, 무슨 일을 할지, 어디로 갈지 우리는 모른다. 그러니 편집자와 적이 되지 말고 친구가 돼라.

물론, 갈등이 생길 것이다. 그들은 당신에게 실망을 주고 당신의 글을 고치고 싶어 할 것이다. 하지만 그들은 하늘이 준 선물이고 당신에게 보탬이 되는 일을 하고 있다. 그러니 함께 일할 편집자를 찾게 되면 친절하게 대하라.

항상 관계를 소중히 여기고 가능성 있는 관계를 추구하라. 그래야 앞으로 글을 쓰고 책을 낼 기회를 좀 더 많이 얻을 수 있다.

마지막으로 편집자와의 관계에서 주의해야 할 사항이 있다. 편집자에게 글쓰기 일감을 달라고 부탁할 수 있다. 하지만 이것은 '신뢰'라는 계좌에서 '인출'하는 것과 같다. 이런 요청을 하려면 그 전에 충분히 '예금'해야 한다. 그들에게 충분히 신뢰와 감동을 준다면 그들도 당신을 기쁜 마음으로 도울 것이다.

좋은 아이디어를 갖는 것보다 좋은 관계를 갖는 것이 더 중요하다.

지금까지 이야기한 내용을 정리해 보겠다.

가장 중요한 것은 편집자들에게 제대로 접근하는 방법만 알면, 당신의 원고를 충분히 게재할 수 있다. 나머지는 세세한 사항이다.

출판은 좋은 아이디어를 갖는 것보다 좋은 관계를 갖는 것이 더 중요하다.

출판사에 지속적으로 아이디어와 원고를 들이밀되 낙심하지 않도록 노력하라.

이 일을 할 때는 관계적 측면을 받아들일 줄 알아야 한다. 그래야 나중에 당신의 메시지를 세상에 전할 좋은 기회를 얻을 수 있다.

기억하라. 콘텐츠를 창조하는 일만큼이나 관계를 쌓는 일도 매우 중요하다.

매일같이 쏟아져 나오는 수백 권의 책과 수천 편의 기사 중에는 그다지 좋지 않은 작품도 있다. 책을 출간하는 데 성공한 작가와 당신의 차이는 무엇일까? 당신은 하고 있지 않지만, 그들이 하고 있는 일은 무엇일까?

자기 홍보가 끝날 때

11

어떤 이들에게는 지금까지 나눈 모든 이야기가 우스꽝스럽게 들릴지도 모르겠다. 모든 작가의 꿈이 책을 내달라고 구걸하고 자기 홍보에 열을 올리는 것은 아닐 것이다. 하지만 현실에서는 하고 싶지 않은 일도 해야 한다. 적어도 한때는 말이다.

문을 두드리고, 블로거들에게 메일을 보내고, 게스트 포스트를 올릴 기회를 구해야 한다. 책을 내려면 우선 출판 관계자들에게 나를 소개해야 한다.

글 한 편 게재하려면 편집자들과 친해져야 하고 열심히 들락거려야 한다. 문의 메일도 여러 차례 보내고 나에게 도움이 될 사람과도 관계를 맺어야 한다.

하지만 이 모든 것은 준비 과정일 뿐이다. 앞으로도 늘 이렇게까지 할 필요는 없다. 언젠가는 당신이 '게이트키퍼'

가 되어 출판인들이 알아서 당신을 찾아올 것이다. 그런데 역설적이게도 이런 일들이 좋아져서 굳이 할 필요가 없는 상황에서도 계속하는 경우도 생긴다.

정상에 도달한 후에

부지런한 작가들은 결국 생각하지도 못한 지점까지 도달한다. 당신도 그렇게 될 것이라 믿어 의심치 않는다. 각자의 분야에서 유명해질 수 있고 책이 출간될 수도 있다. "더 투데이 쇼"(The Today Show, 미국 NBC에서 방송되는 아침 정보 뉴스 프로그램 – 옮긴이 주)에 출연하거나, 책이 〈뉴욕 타임스〉의 베스트셀러 목록에 오를 수도 있다.

모든 작가는 결국 정상에 도달하는 순간이 온다. 세계의 정상에 이르고 (물론 작은 세계일 수도 있다) 상상하지도 못했던 일을 하게 된다. 당신이 하는 일에 따라 이런 결과가 벌어진다. 그렇다면 당신이 할 일은 무엇일까? 선택권은 당신에게 있다.

1. 이미 성취한 것에 만족한다.
2. 계속해서 도전하고 성장한다.

*힌트 : 후자를 택하라.

이정표를 지날 때마다 우리는 현재 위치를 확인하고 앞으로 여정이 얼마나 남았는지 알게 된다.

가끔은 도착지에 이르지 못할 테니 여정 자체에 만족한다고 말하는 사람들이 있다. 그러나 진짜 장인은 현실에 안주하는 사람이 아니다. 그들은 지금 현재에 만족하지 않고 늘 조금씩 자신을 밀고 나아간다.

나는 글쓰기를 위해서 일 중독자가 되거나 가족과 친구를 저버리라고 주장하는 게 아니다. 내가 말하고 싶은 것은 당신이 더 나아질 수 있다는 것이다. 그러니 내 말을 기억하고 한번 시도해 보라.

성공을 거둔다고 해서 잘난 척할 필요도 없다. 성공은 당신이 생각하는 것만큼 대단하지 않다. 그런 생각도 결국 사라지고 만다. 남는 것은 당신이 하고 싶은 일을 하는 즐거움뿐이다.

세일즈맨의 죽음

물론 당신의 작품을 홍보하지 않아도 되는 날이 온다.

편집자 앞에 아이디어를 들이밀 필요가 없는 때가 온다. 더는 세일즈맨으로 살지 않아도 된다는 말이다.

내가 나를 선택하고, 플랫폼을 구축하고, 늘 최선의 작품을 만든다면, 시간은 걸리겠지만 그런 날이 반드시 온다. 용기를 내서 요청하는 것부터 시작하라. 전화를 몇 통 걸고, 메일을 몇 통 보내고, 누군가와 커피도 한 잔 하라.

그러면 장담컨대 편집자들이 당신을 찾아와 함께 작업하자고 요청할 날이 온다. 당신이 블로그에 올린 글을 활용하고 싶다고 할 수도 있고, 앞으로 다룰 주제에 관한 글을 써달라고 부탁할 수도 있다. 그들은 당신이 파트너가 되어주길 바랄 것이다. 당신은 책을 출간하고 세상 사람들과 아이디어를 공유하게 될 것이다. 꿈이 현실이 된다.

그날이 올 때까지 계속해서 작업하고, 글을 쓰고, 모습을 드러내야 한다.

항상 최선의 노력을 다하라. 돈을 벌기 위해서만 프리랜서로 글을 쓰는 건 아니다. 그것 자체가 마케팅이다.

글을 쓰는 작업은 플랫폼을 구축하는 작업이다. 글 한 편을 쓸 때마다 유산을 남기고 브랜드를 만들고, 명성을 얻는 것이다. 충분히 헌신하고 땀 흘릴 가치가 있다. 물론 굶지는 말라. 이 일을 돈으로 환산하지도 말라. 글쓰기는 마라톤이지 단거리 경주가 아니다. 글쓰기를 마라톤이라고 생각하는 사람이 결국 결승선에 도달한다. 끝이 보일 때까지 인내하면서 조금씩 앞으로 나아가라.

그럼 결승선에서 만나길 바란다.

이제, 각자 중요한 일을 하러 가자.

그다음은?

이제 그다음은 당신에게 달려 있다.

이 책에서 답을 주었지만 그만큼 또 많은 질문거리가 생길 것이다. 사실 그러길 바라기도 했다.

당신을 깜깜한 암흑 속에 내버려 둘 생각은 없다. 이 책을 계기로 당신과 많은 대화를 나누고 당신의 생각도 듣고 싶다.

- 아직 마음에 남아 있는 질문은 무엇인가?
- 어떤 도움을 받고 싶은가?
- 내가 놓친 부분은 무엇인가?

이 여정을 떠나는 당신을 진심으로 돕고 싶다. 자신만의 길을 찾고, 아이디어를 전하고, 책을 내는 모든 과정을 돕

실행에 옮기기

170

고 싶다.

내 웹사이트 'youareawriter.com'에 방문하면 이 책에 대한 당신의 생각을 나와 나눌 수 있고, 다른 사람들과도 공유할 수 있다. 아니면 트위터(#youareawriter)에서 이 책과 관련해 토론도 할 수 있다.

이 여정을 계속하고 싶다면 내가 'TribeWriters.com'에서 시작한 온라인 글쓰기 강좌도 확인해 보라. 이 강좌는 1년에 몇 번 개설되는데, 다음 강좌가 미리 공지되어 있으니 언제든 등록할 수 있다.

질문이 있다면, 나를 소개하는 글 하단에서 나와 만날 방법을 확인하라. 이 책을 끝까지 읽고 나와 함께 와 주어서 대단히 감사하다.

우리 작가들은 이전과는 전혀 다른 시대를 살고 있다. 이 시대를 충분히 활용하길 바란다.

기억하라. 당신은 작가다. 이제 글을 쓰기만 하면 된다.

그날이 올 때까지 계속해서 작업하고, 글을 쓰고, 모습을 드러내야 한다. 항상 최선의 노력을 다하라. 돈을 벌기 위해서만 프리랜서로 글을 쓰는 건 아니다. 그것 자체가 마케팅이다.